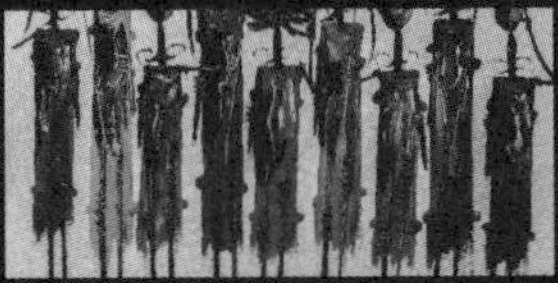

이 세상의 왕국

이 도서의 국립중앙도서관 출판예정도서목록(CIP)은 서지정보유통지원시스템 홈페이지(http://seoji.nl.go.kr)와
국가자료공동목록시스템(http://www.nl.go.kr/kolisnet)에서 이용하실 수 있습니다.
(CIP제어번호: CIP2019011209)

세계문학전집
180

Alejo Carpentier : El Reino de Este Mundo

이 세상의 왕국

알레호 카르펜티에르 장편소설

조구호 옮김

문학동네

일러두기

1. 번역 대본으로는 *El Reino de Este Mundo*(Alejo Carpentier, siglo veintiuno editores, 1987)를 사용했다.
2. 주석은 모두 옮긴이주이다.
3. 본문의 고딕체는 원서에서 라틴어, 아이티어, 프랑스어 등 에스파냐어 이외의 언어가 사용된 부분이다.

차례

서문

……늑대로 변하는 이 문제로 알 수 있듯이,
의사들이 '낭광증狼狂症'이라 부르는 질병이 있다는 것인데요……
—『페르실레스와 시히스문다의 고난』, 미겔 데 세르반테스

1943년 말에 나는 앙리 크리스토프*의 왕국—상수시 궁전의 무척이나 시적인 유적들, 번개를 맞고 지진을 겪고도 원래의 위용을 자랑하는 웅장한 시타델 라 페리에르—을 방문해 여전히 노르망디 분위기를 풍기는 카프 아이시앵**—옛 식민지의 카프 프랑수아—을 구경하는 행운을 누렸는데, 양옆으로 발코니가 기다랗게 늘어선 그곳 거리를 따라가다보면 과거에 폴린 보나파르트가 거주한 석조 궁전에 닿게 된다. 나는 아이티 땅에 거부할 수 없는 매력을 느꼈고, 중앙고원의 붉은 길에

* 노예 출신의 아이티 군인이자 혁명지도자. 1807년 아이티공화국의 대통령에 취임했고 1811년에는 스스로 국왕 자리에 올랐다.

** 아이티의 도시. 옛 이름은 카프 프랑수아로, 나폴레옹의 여동생 폴린이 첫 남편과 살던 곳이다.

서 마술적인 징후를 발견하고, 페트로와 라다*의 북소리를 듣고 나니, 내가 겪은 이 경이로운 현실을 지난 삼십 년간 일부 유럽 문학을 특징지은, 경이로움을 유발하려는 고된 시도와 접목해보고 싶어졌다. 경이로움은 브로셀리앙드 숲,** 원탁의 기사들, 마법사 멀린, 아서왕의 전설을 다룬 고리타분한 표현들을 통해 모색되었다. 장터 공연단에서 흥을 돋우는 사람들의 익살맞고 기이한 행위가 간신히 암시하는 경이로움—프랑스의 젊은 시인들은 장터 공연단에 등장하는 별난 것들과 어릿광대들, 즉 랭보가 시 「언어의 연금술」***에서 이미 결별했던 것에 싫증내지 않을까? 일반적으로 어울릴 리 없는 것들을 합치는 기묘한 술법을 통해 획득된 경이로움도 있다. 예를 들어, 해부대 위에서의 재봉틀과 우산의 우연한 만남****에 관한 케케묵고 기만적인 이야기가 있는데, 그 해부대에서는 초현실주의 전시회에 출품된 담비털 스푼, 비 내리는 택시 안의 달팽이, 어느 과부의 골반에 놓인 사자 머리가 만들어진다.***** 또한 문학적인 경이로움도 있다. 즉 사드의 『쥘리에트』에 등장하는 왕, 자리의 슈퍼마초, 루이스의 수도사,****** 그리고 영국 고딕소설

---

* 페트로와 라다는 모두 부두교의 로아다. 부두교에서 로아는 창조주와 인간을 매개하는 정령이며, 인간은 로아를 통해 원하는 바를 기원한다.

** 아서왕의 전설에서, 예수의 제자였던 아리마태아의 요셉은 최후의 만찬 때 예수가 마신 성배를 들고 팔레스타인을 떠나, 브로셀리앙드 숲에서 머물다 성배와 함께 사라진다.

*** 랭보는 「언어의 연금술」에서 자신이 시도하는 시어의 개혁과 재창조 등을 언급했다.

**** 프랑스 시인 이지도르 뒤카스, 일명 로트레아몽 백작의 『말도로르의 노래』 여섯번째 노래에 나오는 구절로, 초현실주의의 본질인 '낯설게 하기'를 상징하는 구절이다.

***** 카르펜티에르가 1938년 파리 국제 초현실주의전에서 관람한 작품을 연상시킨다.

****** 각각 사드 후작의 『쥘리에트 이야기 또는 악덕의 번영』, 알프레드 자리의 소극(笑劇) 〈위뷔왕〉, 매슈 루이스의 『수도원장』을 암시한다.

의 소름끼치는 소품들인 귀신, 감금된 사제, 늑대 인간, 성문에 못박힌 손 등이다.

하지만 무슨 수를 써서라도 경이로움을 유발하려 하다보니 마법사들은 결국 관료주의자가 되고 만다. 몇몇 그림을 축 늘어진 시계, 재봉용 마네킹, 남근처럼 보이는 모호한 기념물 같은 단순한 싸구려 물건으로 전락시켜버리는 진부한 방식으로 촉발된 경이로움은 어느 해부대 위, 어느 쓸쓸한 방, 어느 바위투성이 사막에 있는 우산이나 바닷가재나 재봉틀이나 그 밖의 다른 사물에도 들어 있다. 우나무노*는 상상력이 빈곤해지면 법칙이나 암기하게 된다고 말했다. 그리고 오늘날에는 『말도로르의 노래』**에서 최대로 전복된 현실로 제시한, 무화과가 삼킨 당나귀의 원칙에 기반한 환상성의 법칙들이 존재하는데, 우리가 '나이팅게일에게 위협받는 어린이들' 또는 앙드레 마송의 '새를 잡아먹는 말들'***을 여럿 갖게 된 것은 그 법칙들 덕분이다. 하지만 앙드레 마송이 믿기지 않을 만큼 빽빽하게 초목이 뒤얽히고 이런저런 과일이 난잡하게 뒤범벅된 마르티니크섬의 밀림을 그리고자 했을 때, 대상이 지닌 경이로운 진실이 화가를 집어삼키는 바람에 그는 텅 빈 화폭 앞에서 아무것도 할 수 없는 상태가 되어버렸다. 쿠바의 위프레도 람****은 아메리카의 화가답게 현시대의 독특한 표현법을 구현한 기념비적인 작

---

* 에스파냐의 철학자, 소설가 미겔 데 우나무노.

** 『말도로르의 노래』는 악을 찬미하는 파격적인 작품이다.

*** 각각 독일 화가 막스 에른스트의 〈나이팅게일에게 위협받는 두 아이〉와 프랑스 화가 앙드레 마송의 〈새를 잡아먹는 말들〉을 가리킨다.

**** 20세기 쿠바 예술의 거장. 아방가르드 예술을 추구하며 사회적 불의, 자연과 영성 등의 주제를 시적으로 다뤘다.

품들에서 열대지방 식물군이 지닌 마술, 우리 자연의 형태가 지닌 통제되지 않는 창조성을—변태 과정과 공생관계를 포함해—우리에게 보여주었다. 똑같은 잿빛 하늘 아래 똑같은 애벌레 화석을 이십오 년 동안 그린 탕기* 같은 작가의 당혹스럽도록 빈곤한 상상력 앞에서 나는 제1세대 초현실주의자들에게 자부심을 심어준 문장을 암송하고 싶어진다. "Vous qui ne voyez pas, pensez à ceux qui voient(사물을 볼 수 없는 그대, 사물을 볼 수 있는 사람들을 생각하라)." 경이로움은 살아 있는 여성을 강간하는 데 있음을 깨닫지 못한 채, 여전히 '죽은 지 얼마 되지 않은 아름다운 여인들의 시체를 강간하는 데서 쾌락을 발견하는 청년들'(로트레아몽)**이 너무 많다. 하지만 문제는 많은 이들이 적은 비용을 들여 마술사로 변장하기 때문에 다음의 사실을 잊어버린다는 점인데, 경이로움은 뜻하지 않은 현실의 변화(기적)에서, 현실을 독특하게 드러내는 데서, 현실이 지닌 예기치 않은 풍요로움을 색다르게 또는 특별히 호의적으로 통찰하는 데서, 경이로움을 일종의 '한계 상태'로 인식하는 정신 작용의 항진 덕분에 특별한 강도로 인지된 현실의 다양한 단계와 범주를 확장하는 데서 나타날 때 비로소 명확한 방식으로 경이로움이 되기 시작한다. 우선, 경이로움을 느낀다는 것은 믿음이 있음을 전제로 한다. 성인聖人을 믿지 않는 사람은 성인의 기적을 통해 치유받을 수 없고, 돈키호테가 아닌 한 사람의 몸과 영혼과

* 프랑스 태생의 미국 화가 이브 탕기. 초현실주의 원칙을 가장 충실하게 따른 화가로 꼽히며, 미국 전위 미술계에 큰 영향을 끼쳤다.

** 로트레아몽은 19세기 파리에서 실제로 일어난 시체 훼손 사건을 언급했고, 카르펜티에르는 이 문장을 통해 로트레아몽의 초현실적 면모를 역설적으로 부각하려 했다.

재산은『아마디스 데 가울라』 또는『백기사 티란테』*의 세계에 온전하게 들어갈 수 없다.『페르실레스와 시히스문다의 고난』에서 루틸리오가 늑대로 변신한 남자들에 관해 언급한 몇 문장은 전적으로 믿을 만한데, 실제로 세르반테스의 시대에는 낭광증에 걸린 사람이 있다고들 믿었기 때문이다. 소설 속에서 마녀의 망토를 타고 토스카나에서 노르웨이까지 간 어느 인물의 여행도 마찬가지다. 마르코 폴로는 어떤 새들은 발로 코끼리를 움켜쥔 채 날 수 있다는 사실을 인정했고, 루터는 악마를 똑바로 마주보며 악마의 머리에 잉크병을 던졌다. 경이로운 것에 관한 책을 즐기는 사람들이 자주 인용하듯 빅토르 위고는 건지섬에서 레오폴딘**의 유령과 대화했다고 확신했는데, 이는 그가 유령을 믿었기 때문이다. 반 고흐가 자신이 받은 계시를 화폭에 담아내기 위해서는 해바라기에 대한 믿음만 있으면 됐다. 따라서 불신에서 촉발된 경이로움은—여러 해 동안 초현실주의자들이 그랬던 것처럼—그저 문학적인 속임수였을 뿐이나 그 속임수가 연장되면 일부 '정돈된' 몽상 문학이나 오늘날 우리가 시시하게 여기는 어떤 광기에 대한 찬양과 마찬가지로 몹시 지루해졌다. 물론 이런 이유 때문에 현실적인 것으로의 회귀—여기서 현실적은 천박한 정치적 의미를 지닌 어휘다—를 옹호하는 특정인들이 옳다고 편을 들어줄 마음은 없는데, 이들은 마술사의 속임수를 '제도권' 문학가의 상투성 또는 일부 실존주의자가 말하는 종말론적인 기쁨으로 대체할 뿐이기 때문이다. 하지만 사디즘을 행하지는 않으면서 사디즘을 칭송하고, 자신이 무기력하기 때문에 슈퍼마초를 찬양

---

* 돈키호테가 심취한 기사소설들.

** 보트 전복 사고로 사망한, 빅토르 위고의 딸.

하고, 귀신이 주문에 응답하리라 믿지도 않으면서 귀신을 부르고, 유효한 신비주의를 감지할 능력도 없을뿐더러 어느 종교의 무시무시한 규범에 자신의 영혼을 걸겠다면서 가장 사소한 습관조차 포기 못하는, 암호와 비밀스러운 목표—결코 달성되지 않을—를 가진 비밀결사, 문학 분파, 성격이 모호한 철학 집단을 창설하는 시인들과 예술가들이 옹호받는 일이 드물다는 점은 의심의 여지가 없다.

이러한 사실은, 내가 아이티에 체류하는 동안 우리가 경이로운 현실이라고 부를 만한 것을 일상적으로 접촉하면서 특히 분명해졌다. 나는 자유를 열망하던 수천의 사람들이 마캉달*에게는 늑대로 변하는 능력이 있다고 믿은 어느 땅을 밟았는데, 그들의 집단적인 믿음은 마캉달이 처형되던 날 기적을 만들어낼 정도로 확고했다. 나는 자메이카 비밀결사 회원인 부크만**에 관한 경이로운 이야기를 이미 알고 있었다. 피라네시의 〈상상의 감옥〉***을 통해서만 예고되던, 건축학적으로 유례없는 작품인 시타델 라 페리에르에 가본 적이 있다. 나는 믿기지 않을 만큼 집요한 군주이자, 비록 폭정의 고통을 직접 겪어보지는 않았지만 상상 속의 다양한 폭정은 몹시 좋아하는 초현실주의자들이 창조해낸 모든 잔인한 왕보다 훨씬 더 경악할 만한 군주인 앙리 크리스토프가 만

* 18세기 산토도밍고 노예들의 지도자. 몇 해에 걸쳐 노예들을 해방시키고 농장주들을 살해했다. 1758년 프랑스 당국은 마캉달을 잡아 카프 아이시앵 광장에서 불태워 죽였지만, 당시 그를 따르던 사람들은 그가 파리로 변해 도망쳤다고 믿었다.

** 부두교의 사제. 1791년 노예들을 소집해 반란을 선포했다. 일부 지지자들은 그를 마캉달의 화신으로 여겼다.

*** 이탈리아 건축가, 판화가 지오반니 피라네시의 판화. 내부가 매우 복잡하게 얽혀 있어 출구를 찾기 어려운 비현실적인 공간을 표현했다.

든 그곳의 공기를 들이마셨다. 나는 한 걸음 한 걸음 뗄 때마다 경이로운 현실을 발견했다. 하지만 경이로운 현실의 존재와 효력은 아이티만의 유일한 특권이 아니라 아메리카 전체의 유산이다. 그리고 아메리카에서는 일례로 우주진화론에 대한 검증이 아직 끝나지 않았다는 사실 또한 생각해본다. 경이로운 현실은 아메리카 대륙의 역사에 날짜를 새기고 지금도 여전히 사용되는 성姓을 남긴 인간들, 즉 황금도시 마노아*와 '영원한 젊음의 샘'을 찾던 사람들에서부터, 최초의 일부 반역자 또는 후아나 아수르두이 대령**처럼 아주 신화적인 면모를 지니고서 우리의 독립전쟁에 참여한 일부 근대적인 영웅에 이르기까지 삶의 매 단계에서 발견된다. 1780년에 사려 깊고 분별력 있는 에스파냐인들이 앙고스투라를 출발해 열정적으로 엘도라도를 찾기 시작했다는 사실, 그리고 프랑스혁명기에—이성과 최고 존재*** 만세!—콤포스텔라 출신의 프란시스코 메넨데스****가 '세사르와 부하들의 매혹의 도시'*****를 찾아 파타고니아 땅을 돌아다녔다는 사실이 내게는 늘 의미심장하게 느껴졌다. 이 사안의 다른 면모를 고찰해보면, 예를 들어 서유럽에서 민속무용이 마술적이거나 기원祈願적인 특성을 이미 다 잃어버린 데 비해, 아메리카에서는 집단무용, 즉 쿠바의 산테리아 의식

---

* 엘도라도의 다른 이름. 당시 탐험가들은 이 황금향이 오리노코강과 아마존강 사이에 있다고 믿었다.

** 볼리비아 독립전쟁에서 활약한 독립운동가.

*** 프랑스대혁명 후 로베스피에르는 '최고 존재'를 숭배하는 일종의 새로운 종교를 만들어 프랑스공화국의 국교로 삼고자 했다.

**** 18세기 에스파냐 수도사.

***** 엘도라도와 비슷한 환상의 도시.

의 춤이나 베네수엘라의 산 프란시스코 데 야레에서 여전히 볼 수 있는 성체축일의 독특한 아프리카식 춤이 입문 의식의 전 과정을 형성하는 심오한 의례적 의미를 담고 있지 않다는 게 특이한 일이라는 사실을 알게 될 것이다.

『말도로르의 노래』의 「여섯번째 노래」에는 세상의 모든 경찰에게 쫓기던 영웅이 다양한 동물 형상을 취하고, 베이징, 마드리드 또는 상트페테르부르크로 순간이동능력을 이용해 '일개 사단이라고 해도 과언이 아닐 경찰과 밀정'에게서 도망치는 장면이 있다. 이것이 바로 절정에 달한 '경이문학'이다. 하지만 이런 문학이 전혀 쓰인 적 없는 아메리카에는, 자신과 동시대를 산 사람들의 믿음 때문에 다양한 마력魔力을 부여받고, 그 마법을 이용해 인류 역사에서 매우 극적이고 특이한 반란 가운데 하나를 일으킨 마캉달이라는 인물이 존재했다. 말도로르는—뒤카스가 고백한다—한 명의 '시적인 로캉볼*'에 불과했다. 그가 남긴 것이라고는 짧게 존속했던 문학 분파 하나뿐이었다. 반면에 아메리카 출신 마캉달은 어느 민족 전체에 의해 보존되고, 여전히 부두교의 각종 의식에서 불리는 마술적인 찬가들과 더불어 하나의 온전한 신화를 남겼다. (다른 한편으로, 환상적이고 시적인 것에 관해 유별난 본능을 지닌 남자 이지도르 뒤카스가 아메리카에서 태어났다는 사실과, 자신이 지은 어느 노래의 마지막에서 자신이 '몬테비데오 사람'임을 대단히 열정적으로 자랑했다는 사실 사이에는 희귀한 우연의 일치가 존재한다.) 즉 아메리카는 풍경의 순결성 때문에, 그 자체의 형태 때문에, 그 자체

* 프랑스 소설가 피에르 퐁송 뒤 테라유의 모험소설 『로캉볼의 위업』의 주인공.

의 존재론 때문에, 파우스트적인 방식으로 존재하는 인디오와 흑인 때문에, 최근의 발견으로 드러난 사실 때문에, 아메리카가 조장해 이루어진 창조적인 인종 혼합 때문에, 신화의 샘이 고갈될 가능성이 아주 낮다는 것이다.

내가 체계적인 방식으로 계획한 것은 아니지만, 이 서문에 뒤따르는 작품은 이런 다양한 관심사의 특성에 부응한다. 이 작품에는 한 인간의 생애보다 길지 않은 특정 시기에 산토도밍고섬에서 일어난 일련의 특이한 사건들이 기술되어 있고, 모든 세부사항이 딱딱 들어맞는 어느 현실에서는 경이로움이 자유자재로 흘러나온다. 왜냐하면 앞으로 읽게 될 이야기가 엄격한 문헌에 기반하기 때문인데, 그 문헌은 사건들의 역사적 진실성, 등장인물의—부차적인 인물의 이름을 포함해—이름, 장소명, 심지어는 거리 이름까지 존중하면서도 한편으로는 비시간성을 노골적으로 드러내며 날짜와 연표가 실제와 부합하는지는 상세히 확인해주지는 않음을 주지할 필요가 있다. 그렇지만, 학생들을 교육하기 위해 교과서에 수록된 모든 본보기 사례처럼 아주 현실적인 이야기임에도 불구하고, 유럽을 배경으로 설정할 수 없는 이 이야기에서는 사건들의 엄청난 특이성 때문에, 그리고 특정 순간 카프 아이시앵의 신비로운 교차로에 있던 인물들의 기상천외한 태도 때문에 결국 모든 것이 경이롭게 보인다. 하지만, 모든 아메리카의 역사가 경이로운 현실의 연대기가 아니던가?

A. C.

I

데모니오:	입장을 허락해주시기를 요청하나이다…
프로비덴시아:	너는 누구냐?
데모니오:	서양의 왕입니다.
프로비덴시아:	네가 누군지 이제 알았다, 빌어먹을 인간. 들어와라. (이제 데모니오가 들어간다.)
데모니오:	오 축복받은 심판이여, 영원히 변치 않는 프로비덴시아여! 당신은 저의 악행을 개선하려고 콜럼버스를 어디로 보내시나이까? 여러 해 전부터 제가 그곳을 소유하고 있었다는 사실을 당신은 모르시나이까?

_로페 데 베가*

* 에스파냐 문학 황금세기를 대표하는 극작가 로페 데 베가의 『콜럼버스의 신대륙 발견』 1막의 일부로, 데모니오는 '악마', 프로비덴시아는 '신, 섭리'를 뜻한다.

1
밀랍 머리들

티 노엘은 노르망디의 말 사육업자와 함께 말 사업을 하던 선장이 카프 프랑수아에 데려온 종마 스무 마리 가운데 발굽이 하얗고 궁둥이가 둥그스름한 말을 주저 없이 선택했는데, 매년 점점 더 왜소한 망아지를 출산하는 암말들과 교배시키기에 좋은 말이었다. 말에 관한 티 노엘의 재능을 알고 있던 므시외 르노르망 드 메지는 그의 결정에 이의를 제기하지 않고서 말값을 루이도르*로 지불했다. 티 노엘은 그 얼룩덜룩하고 건장한 말에게 밧줄로 굴레를 씌운 뒤에 대단히 만족스러워했고, 허벅지에서 느껴지던 비누거품처럼 번들거리는 말의 땀은 이내 페르슈산産 말**의 두꺼운 털 위에서 시큼한 거품이 되었다. 티 노엘은

---

* 루이 13세 시대에 주조된 화폐로, 프랑스대혁명 시기에 프랑으로 대체되었다.

** 프랑스 북부 페르슈 지역은 말이 유명하다.

발걸음이 더 가벼운 적갈색 말을 탄 주인을 뒤따라 선원들이 사는 동네를 가로질렀고, 두 사람은 갯내 나는 가게들, 습기를 머금어 뻣뻣해진 범포帆布, 주먹으로 깨야 할 정도로 딱딱한 비스킷이 있는 그곳을 지나 오전 그 시각에 시장에서 돌아오는 흑인 하녀들의 선명한 스카프 색깔이 무지개처럼 보이는 카예 마요르에 도착했다. 금색 장식물이 주렁주렁 달린 총독의 마차가 지나가면서 므시외 르노르망 드 메지는 성대한 인사를 받았다. 식민지의 농장주와 그의 노예는 말고삐를 이발관 앞에 매두었는데, 그 이발관은 교양 있는 단골손님들을 즐겁게 해주려고 〈가제트 드 레드〉를 주문해 받아보는 곳이었다.

주인이 면도를 하는 사이에 티 노엘은 출입구 옆 진열장에 놓인 밀랍 두상 네 개를 맘껏 감상할 수 있었다. 곱슬머리 가발이 무표정한 얼굴을 둘러싸고 있었는데, 풍성한 곱슬머리가 나선을 그리며 빨간색 베이즈 천 위로 쫙 펼쳐져 있었다. 두상들은—비록 눈이 움직이지 않아 아예 죽은 것처럼 보였지만—몇 년 전에 어느 돌팔이 약장수가 치통과 류머티즘에 좋다는 영약을 팔 생각으로 카프 프랑수아에 가져온 말하는 머리처럼 꼭 진짜 같았다. 재미있는 우연의 일치로, 바로 옆 내장 가게에 가죽을 벗긴 송아지 머리가 진열되어 있었는데, 각각 혀에 작은 파슬리 줄기가 하나씩 놓여 있는, 똑같이 밀랍 같은 질감의 머리들이 진홍색 쇠꼬리, 우족편, 캉 지역식으로 조리한 쇠고기 내장 스튜가 담긴 냄비 들 사이에서 잠든 것처럼 보였다. 두 가게의 진열대 사이에는 얇은 나무 칸막이뿐이었는데, 티 노엘은 창백한 송아지 머리 옆에서 백인 주인나리들의 머리가 같은 식탁의 식탁보에 놓여 있는 상상을 하면서 즐거워했다. 만찬의 손님에게 선보이는 가금류를 깃털로 장식하듯이, 노련하지만 성미 사나운 조리사가 머리에 가장 잘 어울리는 가발을 씌웠을 것이다. 머리 둘레를 상추 이파리나 백합 모양으로 조각한 무로 장식하면 충분했다. 한편 아라비아검* 단지, 라벤더 화장수 병, 그리고 내장이 담긴 솥과 콩팥이 담긴 쟁반 옆에 있는 쌀가루 상자들이 플라스크, 각종 용기와 독특하게 어우러져, 혐오스러운 연회의 그림을 완성하고 있었다.

그날 아침에는 내장가게 옆 책방 주인이 파리에서 받은 최신 판화들을 가로로 매단 철사에 빨래집게로 집어 걸어놓았기 때문에 머리들이 풍부했다. 판화 가운데 적어도 네 장은 태양, 검, 월계수에 둘러싸인 프랑스왕**의 얼굴이었다. 하지만 가발을 쓴 다른 머리도 많았는데, 아마도 궁정고관의 머리였을 것이다. 전사는 전투에 임하는 모습을 보고 알아볼 수 있었다. 특유의 위협적인 눈썹을 통해 재판관이라는 걸 알아볼 수 있었다. 티 노엘은 글을 읽을 줄 모르는 노예라서 시구는 전혀 이해 못했으나 글머리에 교차해놓은 두 개의 펜 위에서 웃는 걸 보고 재사才士라는 걸 알아볼 수 있었다. 더 경쾌하게 보이는 컬러 판화도 있었는데, 그 그림에서는 어느 도시를 점령한 것을 축하하기 위해 열린 불꽃놀이, 거대한 주사기를 휘두르며 춤을 추는 의사들, 어느 공원에서 펼쳐진 술래잡기 놀이, 궁정시녀의 윗옷 속에 손을 집어넣는 방탕한 청년들, 또는 천진난만하게 그네를 타고 가까워졌다 멀어졌다 하는 숙녀의 은밀한 곳을 잔디밭에 드러누운 채 황홀하게 쳐다보는 애인의 약삭빠른 술책이 엿보였다. 그러다 그 순간 티 노엘은 마지막 동판화에 관

---

* 아카시아의 수액을 굳혀서 만든 천연 검.

** 루이 15세를 가리킨다.

심을 두었는데, 주제와 기법에서 다른 것들과 달랐기 때문이다. 깃털 부채에 둘러싸인 채 원숭이와 도마뱀 형상으로 장식된 보좌에 앉아 있는 어느 흑인에게 영접받는 프랑스 제독 또는 대사를 그린 것이었다.

"이 사람은 누군가요?" 티 노엘이 대담하게 책방 주인에게 묻자, 가게 문간에서 기다란 사기 파이프에 불을 붙이던 주인이 대답했다.

"그 사람, 당신네 나라 왕이라네."

자신이 생각했던 것과 같은 답이었으니 굳이 확인할 필요가 없었을 텐데, 르노르망 드 메지의 아시엔다*에서 가장 늙은 말이 사탕수수 압착장의 쇠궁글대를 돌리는 시각에 압착장에서 마캉달이 읊던 이야기가 갑자기 생각났기 때문이다. 그 만딩고족** 흑인은 보다 극적인 결말을 위해 짐짓 피곤한 듯한 목소리로 늘 포포족왕국, 아라다족왕국, 나고족왕국, 풀라족왕국에서 일어난 사건들을 이야기했다. 그는 여러 부족의 대대적인 이주, 백 년 동안 일어난 전쟁, 동물이 인간을 도와준 경이로운 전투에 관해 이야기하곤 했다. 마캉달은 아돈후에소***, 앙골라의 왕****, 다왕*****에 관한 이야기, 그리고 늘 시작만 하지 결코 끝나지 않는, 뱀이 인간으로 변신해 어느 여왕, 그러니까 물과 모든 출산의 여

---

* 17~18세기경 노예를 주 노동력으로 쓰던 대농장.

** 서아프리카 기니만 해변 지역 말리와 그 주변에 사는 민족. 만딩고족의 구전문학은 세계적으로 손꼽히는 유산이다.

*** 17세기 중반 다호메이를 통치한 왕으로 나중에 부두교의 신성이 되었다. 다호메이는 약 1600년부터 1904년 사이에 아프리카의 베냉공화국 지역에 있던 왕국으로, 카리브의 노예들에게는 신화적인 땅이었다.

**** 18세기 후반 생도맹그에 있었다 추정되는 부두교의 신성.

***** 오늘날 베냉 지역에 있던 성도(聖都) 카나의 전설적인 왕이다.

주인인 무지개*와 더불어 영적인 즐거움을 향유한 이야기도 알고 있었다. 하지만 그의 이야기는 용맹한 무사라 불리며 막강한 만딩고족 제국을 창건한 칸칸 무사**의 무훈을 언급할 때 유달리 장황해졌는데, 무사의 말들은 은전銀錢과 자수를 놓은 엉덩이 덮개로 치장했고, 울음소리는 쇠가 부딪치는 소리보다 더 컸으며, 등에 얹은 북 두 개의 가죽에서는 천둥소리가 났다. 게다가 그 왕들은 자신에게 대드는 폭도 무리의 머리를 창으로 꿰어 들고 다녔고, 자신을 경배하는 제사장들의 과학 덕에 불사신이 되어, 번개신 또는 대장간신을 어떤 식으로든 성나게 했을 때 말고는 부상을 입고 쓰러지지 않았다. 그들은 진정한 왕이었으며, 가발을 쓰고 볼리체***를 하고 자기네 궁전 극장에서 리고동**** 박자에 맞춰 여자처럼 다리를 드러낼 때만 신처럼 행동할 줄 아는 그런 군주가 아니었다. 그 백인 군주들은 자기 바이올린 화음과 중상모략자들의 치포니아***** 소리, 뒷공론하는 속삭임, 후궁들의 험담, 현絃이 달린 장난감새들의 지저귐을 초승달 문양 깃발******이 게양된 뱃머리나 요새의 버팀벽을 향해 발사되는 대포 소리보다 더 많이 들었다. 티 노엘은 학문은 일천했지만, 지식이 풍부한 마캉달에게 그런 사실을 배웠다. 아프리카에서 왕은 전사, 사냥꾼, 판사, 사제였고, 왕의 귀한 정액

---

* 다왕의 부인 아이다 웨도. 하늘의 힘을 의미하며, 상징은 무지개다.

** 1312년부터 1332년까지 말리왕국을 통치하며 '말리의 황금시대'를 이끈 만사 무사를 가리킨다. 나중에 부두교 신성의 지위에 올랐다.

*** 오목한 테이블에 작은 관을 여러 개 설치하고 그 안으로 공을 굴려넣는 게임.

**** 4분의 2 박자 또는 4분의 3 박자의 쾌활한 춤곡.

***** 통 안에 현 여러 줄과 회전하는 원통이 있고, 손잡이를 돌려 소리를 내는 악기.

****** '초승달 문양 깃발'은 이슬람의 상징이다.

은 수백 개의 뱃속에서 강건한 영웅의 혈통으로 키워졌다. 반면에 프랑스와 에스파냐에서 왕은 장군들을 전투에 내보낼 뿐이었다. 법적인 분쟁을 해결할 능력도 없고, 모든 고해신부에게 꾸지람을 들었으며, 정력 면에서도 할 수 있던 것이라고는 고작해야 몰이꾼의 도움 없이는 사슴 한 마리도 쓰러뜨리지 못하는 약골 왕자를 하나 낳은 것이었는데, 사람들은 왕자에게 돌고래처럼 무해하고 시시한 어느 물고기의 이름을 붙임으로써 은근슬쩍 왕자를 비꼬았다. 반면에 거기에는—위대한 그곳에는—모루처럼 강한 왕자들이 있는데, 왕자들은 표범이고, 왕자들은 나무의 언어를 알고, 왕자들은 4방위를 통치하고, 구름, 씨앗, 청동, 불의 주인이었다.

티 노엘은 뺨에 분을 덕지덕지 바른 상태로 이발관을 나오는 주인의 목소리를 들었다. 지금 주인의 얼굴은 놀랍게도 진열장에 일렬로 늘어선 채 바보처럼 웃고 있는 멍한 밀랍 얼굴 네 개와 닮은 꼴이다. 므시외 르노르망 드 메지가 내장가게에서 송아지 머리 하나를 사서 노예에게 건넸다. 풀을 뜯고 싶어 안달하는 종마에 올라타서는 하얗고 차가운 말의 머리를 매만지면서, 티 노엘은 주인의 가발 밑에 감춰진 둥그런 대머리를 만지는 것과 비슷한 감촉이라고 생각했다. 그사이 거리는 사람으로 가득찼다. 시장에 다녀오던 흑인 여자들은 열시 미사를 마치고 나오는 부인으로 바뀌었다. 부유한 공무원의 첩인 콰르테론* 여인 여럿이 자기와 똑같은 혼혈 피부색의 하녀를 거느렸는데, 하녀는 야자나무 잎사귀 부채, 기도서, 금술로 치장한 양산을 들었다. 어느 길모퉁이에서

* 흑백 혼혈과 백인의 혼혈.

는 떠돌이 변사의 꼭두각시들이 춤을 추고 있었다. 저 앞에서는 선원 하나가 숙녀들에게 에스파냐식 옷을 입은 브라질산 작은 원숭이를 사라고 권했다. 여러 술집에서는 소금과 젖은 모래가 가득찬 커다란 나무통에 시원하게 보관해두었던 포도주의 병마개가 뽑히고 있었다. 리모나드*의 본당신부인 코르네유 신부가 당나귀색 노새를 타고 막 대성당에 도착했다.

므시외 르노르망 드 메지와 노예는 도시를 벗어나 바닷가로 이어지는 길을 따라갔다. 요새 위에서 대포 소리가 들려왔다. 토르투가섬**에서 돌아오는 왕립 해군의 라쿠라죄즈 호가 막 수평선에 모습을 드러냈다. 함선의 뱃전에서 희미한 포성의 메아리가 되돌아왔다. 주인이 신출내기 장교였을 때의 추억에 휩싸여서는 피리로 연주하는 행진곡을 휘파람으로 불기 시작했다. 티 노엘은 주인의 노래에 대한 대위對位 선율로 항구에서 나무통을 만드는 기술자들이 애창하는 뱃노래를 마음속으로 흥얼거렸는데, 영국왕을 모욕하는 노래였다. 비록 가사가 크레올***이 아니었지만 티 노엘은 그 점을 확신하고 있었다. 물론 노래 가사를 알기도 했고. 게다가 그는 영국왕을 프랑스왕이나 에스파냐왕처럼 시시하게 평가했는데, 영국왕은 그 섬의 반을 통치하고 있었고, 그의 부인

---

* 카프 아이시앵의 위성도시로, 1492년에 콜럼버스 일행이 아메리카에서 첫 성탄절을 보낸 곳이다.

** 17세기 카리브 해적들의 주요 근거지.

*** 서로 다른 언어를 쓰는 사람들 사이에서 교역 등의 교유를 통해 자연스럽게 형성된 독특한 언어가 사용자들의 자손으로 이어지면서 모어화된 고유의 언어, 혹은 그 언어를 사용하는 사람. 아이티어는 프랑스어와 서아프리카의 토착어, 아메리카의 여러 토착어 조합에서 생겨난 크레올이다.

들은—마캉달의 말에 따르면—빰을 황소의 피로 빨갛게 칠하고서, 진정한 하늘, 즉 진정한 신들을 모른 채 죽은 사람들은 원하지 않는 하늘로부터 거부당한 해골들이 가득차 있는 어느 수도원의 지하실에 아이를 묻었다.

2
절단

티 노엘은 늙은 말이 몸에 밴 대로 매우 규칙적인 보폭으로 사탕수수 압착기를 돌리도록 내버려둔 채 뒤집어진 구유에 앉아 있었다. 마캉달이 사탕수수 다발을 집어 밑동을 쇠궁글대 사이에 욱여넣었다. 눈에는 핏발이 서 있고, 상체가 건장하며, 허리가 아주 날씬한 그 만딩고족 사내는 티 노엘에게 특이한 매력을 발산했다. 마캉달의 둔탁한 목소리는 흑인 여자들에게서 모든 것을 얻어내기로 유명했다. 또한 그가 이야기꾼으로서 기교를 부려 잔뜩 인상을 쓰며 사람들의 특징을 묘사할 때면 사람들은 숨을 죽이고 귀를 기울였는데, 특히 시에라리온의 흑인 노예상인들에게 팔리기 몇 년 전에 포로가 되어 여행했을 때의 이야기를 끄집어낼 때는 더더욱 그랬다. 청년은 그의 말을 듣고서 종루, 석조 건물, 지붕이 덮인 아주 긴 발코니가 딸린 노르망디풍 집이 있는 카프 프랑수아가 적도 기니의 여러 도시에 비하면 아주 보잘것없다는 사실을 알게 되었다. 그곳의 성가퀴로 둘러싸인 거대한 요새들 위에는 붉은 진흙돌이 얹혀 있었다. 사막 경계선 너머까지, 유목민 마을 너머까지 알려진 시장이 있었다. 그 도시의 수공업자들은 검을 벼려서 면도날처럼 예리하게 그리고 전사들의 손에서 깃털만큼 가벼워지게 할 정도로, 쇠를 부드럽게 만드는 데 능숙했다. 하늘 덕에 생겨난 수량 풍부한 강들이 인간의 발을 핥았고, 소금의 땅에서 소금*을 가져올 필요도 없었다. 아주 큰 창고에는 밀, 참깨, 기장을 보관했고, 이 왕국 저 왕국으로 올리브유와 안달루시아산 포도주를 거래했다. 지붕 같은 야자나무 밑에는 어머니 북, 즉 다리를 빨간색으로 칠하고 사람 얼굴 형상을 한 거대한 북들이 잠들어 있었다. 비는 현자들의 주문에 복종했고, 할례 의식에서 사타구니가 피범벅이 된 사춘기 소년들이 춤을 출 때는 길들여진 거대한 폭포 소리 같은 음악을 만들어내는 석금石琴**을 두들겼다. 위다***의 신성한 도시에서는 식물 세계를 다스리고 소금 호숫가의 골풀 사이에서 늘 물에 젖어 반짝이는 몸으로 나타나던 신들을 경배하듯이, 영원한 수레바퀴의 신령스러운 상징인 코브라를 경배했다.

말이 앞발을 절뚝거리다가 무릎을 꿇어버렸다. 옆쪽 아시엔다 위로 날아가던 비둘기들이 놀랄 정도로 귀를 찢는 듯한 비명소리가 길게 들렸다. 마캉달은 왼손으로 궁글대를 붙들고 있었는데, 궁글대가 예기치

---

* 사하라사막 이남 지역에서 소금은 희귀품이었고, 사막을 통과하는 대상단은 아프리카 북부에서 소금을 가져와 남부에 판매했다.

** 각기 크기와 두께가 다른 납작한 돌을 음계순으로 정렬해놓은 타악기.

*** 서아프리카의 해변도시. 1727년에 다호메이에 합병되면서 다호메이왕국은 아프리카 노예무역의 중심지가 되었다.

못하게 갑자기 돌아가는 바람에 사탕수수와 함께 팔이 어깨까지 끌려 들어가버린 것이다. 사탕수수즙을 끓이는 솥 안에 핏방울이 퍼졌다. 티 노엘이 칼을 집어들어 말과 압착기의 궁글대를 연결하는 줄을 잘랐다. 무두질 작업장의 노예들이 주인 뒤를 따라 사탕수수 압착장으로 우르르 뛰어왔다. 고기 훈제장과 카카오 건조장에서 일하던 일꾼들도 도착했다. 마캉달은 궁글대를 역회전시키면서 뭉개진 팔을 빼냈다. 오른손으로 왼손 팔꿈치와 손목을 움직여보려 했지만, 이미 뜻대로 되지 않는 상태였다. 마캉달의 눈빛은 멍했는데, 자신에게 무슨 일이 일어났는지 이해하지 못하는 것 같았다. 지혈을 하려고 사람들이 지혈대로 그의 겨드랑이를 묶었다. 주인은 팔을 절단할 마체테의 날을 갈기 위해 숫돌을 가져오라고 명령했다.

3
손이 찾아낸 것

중요한 작업은 맡길 수가 없었기에, 마캉달에게는 가축 돌보는 일이 맡겨졌다. 마캉달은 동이 트기 전에 우리에서 소떼를 꺼내 그늘진 경사면에 풀이 촘촘하게 자란 산으로 데려갔는데, 풀은 오전이 한참 지날 때까지도 이슬을 머금고 있었다. 소들이 천천히 흩어져 배에 닿는 클로버를 뜯는 모습을 관찰하던 그는, 사람들의 관심을 받지 못하던 몇몇 식물의 존재에 특이한 호기심을 느꼈다. 그는 쥐엄나무 그늘에서 온전한 팔로 몸을 지탱하면서 바닥에 엎드려 자신이 잘 알던 풀 속을 뒤적이며 그때까지 존재를 무시해왔던 땅에 사는 온갖 것을 찾아보기 시작했다. 변장과 위장을 좋아하고 혼동을 유발하기를 즐기는, 개미가 다니는 길은 피하는 외피 딱딱한 작은 곤충들의 친구인 이 독특한 종들의 비밀스러운 삶을 발견하고는 깜짝 놀란 것이다. 그의 손은 이름 모를 리본초 같은 풀, 황록색 케이퍼, 아주 작은 고추, 돌멩이 사이에서 그물을 짜는 베후코*, 밤이 되면 솜털 난 이파리로 땀을 흘리는 외로이 홀로 선 관목, 사람 목소리만 들리면 오므라드는 함수초, 정오면 손톱으로 벼룩을 으스러뜨릴 때 나는 소리를 내며 터지는 콩꼬투리, 햇빛이 잘 들지 않는 곳에서 끈적끈적하게 뒤엉켜서 땅 위로 퍼져 있는 덩굴줄기 식물을 찾아냈다. 아릿한 통증을 유발하는 덩굴식물도 있었고, 다른 덩굴식물은 그늘에서 쉬는 사람의 머리를 부어오르게 만들었다. 하지만 지금 마캉달은 버섯에 더 관심이 많았다. 좀먹은 나무 냄새, 유리약병 냄새, 지하실 냄새, 질병 냄새를 풍기는 버섯들은 귀 모양, 소 혀 모양, 쭈글쭈글한 혹 모양으로 자라나서는 온몸을 분비물로 뒤덮거나, 차가운 굴 속에서 눈을 빤히 뜨고 쳐다보거나 잠을 자는 두꺼비의 집에서 얼룩덜룩한 양산을 펼치곤 했다. 만딩고족 사내가 손가락으로 균류의 살을 잡아 으깨자 코에 독한 냄새가 닿았다. 그러고서 그는 어느 암소더러 자기 손에서 나는 냄새를 맡게 했다. 소가 놀란 눈으로 코를 씩씩 불고는 거칠게 숨을 쉬면서 고개를 돌리면, 마캉달은 같은 종류의 버섯을 더 많이 따서 목에 걸고 다니는 생가죽 주머니에 집어넣었다.

티 노엘은 말을 목욕시킨다는 핑계를 대고 외팔이 마캉달을 만나려고 자주 르노르망 드 메지의 아시엔다를 몇 시간이나 비웠다. 그렇게 해서 두 사람은 계곡의 경계 쪽으로, 지형이 험준하고 산자락에는 깊은 동굴들이 파인 곳으로 갔다. 그리고 혼자 살면서 간혹 아주 멀리서 오는 사람들을 받아들이는 어느 노파의 집에 머물렀다. 집 벽에는 묵직

* 중남미, 카리브 등지에 서식하는 덩굴식물의 일종.

한 깃대에 달린 붉은 깃발, 편자, 운석 사이로 검 여러 자루가 걸려 있었고, 녹슨 숟가락을 십자형으로 묶어 매단 철사 갈고리도 걸려 있었는데, 삼디 남작, 피캉 남작, 라크루아 남작,* 공동묘지의 다른 주인들을 쫓아버리기 위한 것이었다. 마캉달은 가죽 주머니에 넣어온 잎사귀, 식물, 버섯, 약초를 노파 마만 로이**에게 보여주었다. 그녀는 그 식물들을 주의 깊게 살펴보면서, 어떤 것은 으깨보고 냄새를 맡아보고 어떤 것은 던져버렸다. 가끔은 인간 자손을 둔 고귀한 동물들에 관한 얘기가 오갔다. 어떤 주문을 통해 늑대로 변하는 능력을 지닌 사람들에 관한 얘기도 했다. 밤에 인간의 언어 대신 포효를 내지르던 거대한 고양잇과 동물에게 강간당한 여자들에 관해서도 얘기했다. 언젠가 마만 로이가 이야기를 하다가 절정에 이르렀을 때 이상하게도 입을 다물어버렸다. 그녀는 어떤 신비로운 명령에 응해 부엌으로 달려가더니 펄펄 끓는 기름이 가득 담긴 냄비에 두 팔을 집어넣었다. 그녀의 표정에는 미동조차 없었고, 가장 이상했던 점은, 바로 조금 전에 팔이 튀겨지는 무시무시한 소리가 들렸는데도 기름에서 빼낸 그녀의 두 팔에는 물집도 화상의 흔적도 없었다는 것이다. 마캉달이 그 사실을 너무나도 차분하게 받아들이는 것처럼 보였기 때문에 티 노엘은 놀란 마음을 감추려고 애썼다. 그러고 나서 만딩고족 사내와 여자 마법사 사이에서 대화가 차분히 이어졌고, 둘은 간간이 저 먼 곳을 응시하면서 한동안 말을 멈추기도 했다.

어느 날 그들은 르노르망 드 메지가 기르는 사냥개 무리에서 발정한

---

* 삼디 남작은 죽음의 로아의 우두머리로, 묘지 중앙에 산다. 피캉 남작은 삼디 남작이 부정적으로 변한 정령이다. 라크루아 남작은 묘지로 시체를 운반하는 로아다.

** 아이티 부두교의 여사제.

수캐를 붙잡았다. 티 노엘이 다리를 벌리고 올라타서 귀를 잡아 머리를 붙든 사이에 마캉달이 버섯물을 적셔 연노란색으로 물든 돌멩이로 개의 주둥이를 문질렀다. 개의 근육이 수축됐다. 곧이어 개의 몸에 격렬한 경련이 일어나더니 개가 부르르 떨며 쓰러져 드러누웠고, 다리가 뻣뻣하게 굳으면서 이빨이 드러났다.

그날 오후 아시엔다로 돌아온 마캉달은 사탕수수 압착기, 카카오와 커피 건조장, 쪽 농장, 대장간, 수조, 고기 훈제장을 오랫동안 둘러보았다.

"시간이 되었군." 그가 말했다.

다음날 마캉달이 부름을 받았을 때, 그는 그곳에 없었다. 주인은 그저 흑인 노예들에게 본때를 보여주기 위해 마캉달을 사냥하러 나섰는데, 사실 힘들여 사냥을 나설 일까지는 아니었다. 팔 하나가 없는 노예는 값어치가 없었다. 게다가 만딩고족 노예가 모두 잠재적인 도망자라는 것은 익히 알려진 사실이었다. 만딩고족은 다루기 힘들고, 반항적이고, 불온하고, 악마 같은 사람이라는 의미였다. 그래서 그 왕국 출신은 흑인 노예시장에서 가격이 형편없이 낮았다. 그들 모두는 자유를 찾아 산으로 들어가는 꿈을 꾸고 있었다. 어쨌든 인근에 농장이 아주 많으니 외팔이가 그리 멀리 가지는 않았을 것이다. 그는 아시엔다로 끌려온 다음 다른 노예들이 같은 실수를 되풀이하면 안 된다는 교훈을 얻도록 노예들 앞에서 고문당할 것이다. 하지만 외팔이는 역시 외팔이일 뿐이다. 마캉달이 마체테로 품종 좋은 마스티프 두어 마리의 입을 막으려 할 게 뻔하니, 개들을 잃을 위험을 무릅쓰는 것은 바보같은 짓이리라.

4
계산

티 노엘은 마캉달이 사라져서 깊이 상심해 있었다. 만약 마캉달이 자유를 찾아 함께 도망치자고 제안했더라면 티 노엘은 만딩고족 외팔이 사내에게 봉사하는 임무를 기꺼이 받아들였을 것이다. 지금 티 노엘은 외팔이가 자기를 과소평가해서 계획에 참여시키지 않은 것이라 생각하고 있었다. 기나긴 밤이면 며칠을, 청년은 이런 생각으로 괴로워하다가 잠을 자던 구유에서 일어나 울면서 노르망디 종마의 목을 감싸안고는 갓 목욕한 말 냄새가 나는 포근한 갈기에 얼굴을 파묻곤 했다. 마캉달이 사라져버림으로써 그가 들려준 이야기들이 상기시킨 그 모든 세계 또한 사라졌다. 그와 더불어 칸칸 무사, 아돈후에소, 진정한 왕들과 위다의 무지개 또한 사라져버렸다. 사는 맛을 잃어버리고, 일요일에 열리는 춤파티마저 지루하게 느끼게 된 티 노엘은 동물들의 귀와 회음

부에서 진드기를 잡고 늘 깨끗하게 돌보면서 그들 동물과 함께 살아갔다. 그렇게, 우기가 완전히 지나갔다.

어느 날, 강바닥에 강물이 다시 차올랐을 때, 티 노엘은 산에 사는 노파를 마구간 근처에서 만났다. 마캉달의 전갈을 가져온 것이다. 그래서 티 노엘은 동이 트자마자 비좁은 동굴 입구로 들어섰는데, 천장은 거꾸로 매달린 박쥐로 뒤덮여 있었고 거기서 텅 빈 깊은 공간을 향해 내려온 종유석이 동굴 안에 가득차 있었다. 동굴 바닥은 돌처럼 생긴 것들과 화석화된 생선뼈가 묻힌 두꺼운 조분석 층으로 뒤덮여 있었다. 바닥 가운데에 진흙호리병 여러 개가 놓여 있었는데, 티 노엘은 호리병에서 흘러나온 매콤하고 묵직한 냄새가 축축한 어둠을 지배하고 있음을 감지했다. 바닥에 깔린 케이폭나무 잎사귀 위에 도마뱀 가죽이 쌓여 있었다. 최근에 무두질에 쓴 게 틀림없는 커다란 납작돌 하나와 둥그렇고 반들반들한 돌멩이 여러 개도 있었다. 마체테로 껍질을 모두 벗겨 다듬어놓은 통나무 위에는 아시엔다의 부기계원에게서 훔친 회계장부 한 권이 놓여 있었고, 각 쪽마다 목탄으로 굵직하게 그린 기호들이 줄지어 늘어서 있었다. 티 노엘은 카프에 있는 약초꾼들의 가게를 떠올릴 수밖에 없었는데, 그런 가게에는 커다란 절구통, 독서대에 놓인 처방전, 마전자와 아위가 담긴 단지,* 잇몸 치료에 사용하는 아욱 뿌리 다발이 있었다. 알코올에 넣어둔 전갈 몇 마리, 기름에 재운 장미와 거머리를 키우는 수조만 없었다.

마캉달의 몸은 꽤 말랐다. 이제 뼈에 붙은 근육이 움직이는 게 보이

---

* 마전자는 마전과 교목의 씨앗, 아위는 신형과의 여러해살이 풀이다. 둘 다 약재로 쓰인다.

고, 가슴의 골격이 뚜렷하게 드러났다. 하지만 기름등잔 불빛을 받아 올리브색으로 보이는 얼굴에는 잔잔한 즐거움이 떠올랐다. 그는 실에 꿴 구슬로 장식한 주홍색 스카프를 이마에 동여매고 있었다. 만딩고족 흑인 사내가 도망친 날부터 오랫동안 끈기 있게 해온 작업에 관해 듣고 티 노엘은 엄청나게 놀랐다. 마캉달은 그동안 플렌 뒤 노르* 지역의 아시엔다를 한 곳 한 곳 찾아가 그곳에서 일하는 사람들과 직접 접촉해온 것 같았다. 예를 들어, 돈돈의 쪽 농장에서는 원예사 올랭, 노예들이 거주하는 오두막의 요리사 로맨, 애꾸눈 장피에로에게 도움을 청할 수 있다는 사실을 알고 있었다. 르노르망 드 메지의 아시엔다의 상황에 관해서는 이미 퐁게 가문의 삼형제, 새로 온 콩고 사람들, 믿음 안 가는 안굽이무릎 사내, 그리고 마리네트에게 전갈을 보내놓았는데, 마리네트는 과거에 주인과 잠자리를 같이하다가 마르티니에르 가문의 어느 마드무아젤이 르아브르 수도원에서 대리인을 통해 그 주인과 결혼하고 식민지로 오자 다시 빨래하는 하녀로 돌아가게 된 물라토** 여자였다. 마캉달은 르 보네 드 레베크 산*** 너머에 있는 앙골라 사람 두 명과도 접촉했는데, 그들의 볼기에는 아과르디엔테****를 훔친 죄로 빨갛게 달군 쇠를 찍은 흔적인 얼룩말 무늬가 남아 있었다. 마캉달은 기록부에 자신만 읽을 수 있는 글자를 이용해 밀로 마을 보코르*****의 이름을 써

---

* 아이티 북부에 있는 지역으로 아이티혁명이 시작된 곳이다. 프랑스어로 '북부 평원'이라는 뜻.

** 백인과 흑인의 혼혈.

*** 북부 아이티 밀로 마을 주변에 있는 산. 프랑스어로 '주교의 모자'라는 뜻이다.

**** '불타는 물'이라는 뜻으로, 사탕수수즙을 증류해 만든 도수가 높은 술이다.

***** 부두교 페트로 의식의 마법사. 병을 치료하고, 흑마술로 적에게 해를 가한다.

넣고, 심지어는 산맥을 넘어가서 아르티보니트 사람과 접촉하는 데 도움을 준 가축몰이꾼들의 이름까지도 써넣었다.

티 노엘은 그날 외팔이가 자기에게 기대한 바가 무엇인지 이해했다. 바로 그주 일요일, 미사에서 돌아온 주인은 아시엔다에서 가장 좋은 젖소 두 마리—루앙산產 흰꼬리젖소—가 자신들이 싸놓은 똥 위에서 담즙을 게워내면서 죽어가고 있다는 것을 알아차렸다. 티 노엘은 먼 나라에서 들여온 저 짐승들이 자기 피에 유해한 식물을 가끔은 맛있고 부드러운 풀이라고 생각하는 등 먹을 풀을 자주 혼동한다고 주인에게 설명했다.

5
깊은 곳에서*

독은 플렌 뒤 노르로 스멀스멀 기어가서 목초지와 가축우리로 숨어 들어갔다. 독이 어떻게 풀밭과 알팔파** 사이를 뚫고 나아갔는지, 건초더미로 들어갔는지, 여물통으로 올라갔는지는 밝혀지지 않았다. 실제로 암소, 수소, 송아지, 말, 양 수백 마리가 죽어 그 지역 전체가 썩은 사체가 뿜어내는 악취로 뒤덮였다. 땅거미가 깔릴 무렵 피운 거대한 화톳불 몇 개에서 기름기 섞인 자욱한 연기가 나고, 짐승들이 다른 짐승의 검은 두개골, 숯이 된 갈비뼈, 불길에 빨갛게 변한 발굽더미 위에서 죽

---

* 「시편」 130편 1~2절. "주님, 깊은 곳에서 당신께 부르짖습니다. / 주님, 제 소리를 들으소서. 제가 애원하는 소리에 당신의 귀를 기울이소서." 이 구절은 장례 혹은 보속행위와 연관된 전례 때 자주 쓰였다.

** 콩과의 여러해살이풀. 사료용으로 재배한다.

어갔다. 카프에서 가장 경험 많은 약초꾼들이 역병을 옮겼을 법한 잎사귀, 나뭇진, 수액을 찾아보았지만 허사였다. 짐승들은 배가 부풀어오른 채 쓰러져나가 윙윙거리는 똥파리에 휩싸였다. 머리가 벗어진 거대한 검은 새들이 지붕을 뒤덮고는, 땅으로 내려와 팽팽하게 부풀어오른 짐승 가죽을 부리로 쪼아 구멍을 내서 새로운 부패를 유발할 때를 엿보고 있었다.

독이 집안까지 들어왔다는 사실이 알려지며 이내 공포를 만들어냈다. 어느 날 오후, 콕 샹트의 아시엔다 주인이 오후 간식으로 엔사이마다* 하나를 먹은 뒤 곧, 전까지 아무런 병색도 보이지 않았는데 태엽을 감던 벽시계를 끌어내리면서 급사한 것이다. 그 소식이 주변 농장에 전해지기도 전에, 농장주들이 침대 협탁의 컵에, 수프 냄비에, 약병에, 빵, 포도주, 과일, 소금에 숨어 호시탐탐 튀어나올 때를 노리던 독에 급사해버렸다. 매 시간 관에 못질을 하는 불길한 소리가 들렸다. 길 여기저기에 장례 행렬이 나타났다. 카프의 성당에서는 장례미사곡만 울려퍼졌고, 병자성사를 집행하는 사람들이 새로 발생한 죽음을 알리며 저 멀리서 울리는 종소리의 안내를 받으며 왔지만 늘 너무 늦게 도착했다. 사제들은 상을 당한 모든 가족에게 임무를 완수하기 위해 라틴어 전례를 간략하게 치러야 했다. 플렌 뒤 노르에 음울하게 울려퍼지는 망자를 위한 똑같은 기도 소리는 거대한 공포의 성가였다. 공포가 사람들의 얼굴을 핼쑥하게 만들고, 목구멍을 압박했던 것이다. 길을 따라 오가는 은십자가의 그림자에 숨은 초록색 독, 노란색 독, 또는 무색의 독이, 타

* 똬리 모양의 촉촉한 페이스트리.

자의 몸을 죽여 그늘로 만들어버리려고 그늘을 찾아다니는 억제할 수 없는 덩굴식물처럼 계속 살금살금 기어서, 부엌 굴뚝을 타고 내려가서 닫힌 문 틈새로 스며들었다. 〈미세레레〉*에서부터 〈깊은 곳에서〉까지, 성가대 주창자들의 불길한 교송이 몇 시간 동안 계속되었다.

두려움 때문에 화가 난 식민지 개척자들은 이제 우물물을 마시는 무모한 짓을 하지 않으려고 포도주에 취하고, 역병이 도는 이유가 뭔지 찾겠다며 노예를 매질하고 고문했다. 하지만 독은 어른 아이 할 것 없이 수많은 가족을 계속해서 죽였고, 소원을 비는 기도도, 의학적인 조언도, 성인들에게 하는 맹세도, 주술사이자 돌팔이 의사인 브르타뉴 출신 선원의 효과 없는 민간치료법도 은밀하게 진행되는 죽음의 행진을 멈출 수는 없었다. 마담 르노르망 드 메지는 공동묘지에 남은 마지막 묘혈을 차지하려고 저도 모르게 서두르느라 그랬는지, 성령강림절 주일에 그녀의 손이 닿는 곳까지 뻗친 붙임성 좋은 나뭇가지에 매달린 유달리 탐스러운 오렌지 하나를 먹고는 급사했다. 플렌 뒤 노르 지역에 통행금지령이 선포되었다. 해가 진 뒤에 들판이나 집 근처를 돌아다니는 사람은 누구든 예고 없이 머스킷 총알을 맞고 쓰러졌다. 카프의 경비대는 무형無形의 적에게 무시무시한 죽음을 내리겠다는 우스운 경고를 하면서 시가행진을 했다. 하지만 독은 가장 예기치 못한 경로로 계속해서 사람의 입까지 올라왔다. 어느 날, 뒤 페리기 가족 여덟 명이 막 닻을 내린 배의 창고에 가서 직접 양팔로 감싸들고 온 사과주통에서 독과 마주쳤다. 썩은 살이 지역 전체를 지배하고 있었다.

---

* 미세레레는 「시편」 51, 56, 57장의 첫 단어로 '자비를 베푸소서'라는 의미다. 그레고리오 알레그리가 시편 51장에 곡을 붙인 이 곡은 장례미사와 사순 시기에 주로 쓰인다.

어느 날 오후, 볼기에 녹탄*을 박아버리겠다는 위협을 받은 그 믿음 안 가는 안굽이무릎 사내가 결국 실토했다. 이제 라다 의식**의 호웅간이 된 외팔이 마캉달이 위대한 신들에게 여러 번 빙의되며 비범한 능력을 부여받아 독의 주인이 됐다는 것이다. 다른 해변***의 '지배자들'로부터 최상의 권능을 부여받은 그가 백인을 없애고 산토도밍고에 자유로운 흑인의 위대한 제국을 만드는 일에 적합한 인물로 선택받아 박멸을 위한 성전聖戰을 선포했다고 했다. 노예 수천 명이 마캉달을 신봉한다고 했다. 이제는 그 누구도 독이 퍼져나가는 것을 막지 못할 거라고. 그가 이런 얘기를 전하자 아시엔다에는 폭풍 같은 충격이 몰아쳤다. 순전히 분노로 불이 붙은 녹탄이 그 흑인 수다쟁이의 내장을 파열시키자마자 전령 한 명이 카프로 보내졌다. 바로 그날 오후 마캉달을 사냥할 준비가 된 남자들이 모두 동원되었다. 플렌 뒤 노르에는—푸른색으로 변한 살, 타다 만 발굽, 들끓는 구더기의 악취가 풍기는—고함소리와 욕설이 난무했다.

* 꿩, 물오리 등을 사냥할 때 쓰는 대형 산탄.

** 아이티 부두교에서 중요한 의식 중 하나. 부두교의 사제인 호웅간이 주재한다.

*** 서아프리카의 기니만 해변을 가리킨다.

6
변신

몇 주 동안 카프 경비대의 군인, 식민지 개척자, 회계원, 농장의 십장으로 구성된 순찰대 여럿이 그 지역의 나무숲, 협곡, 골풀숲을 속속들이 수색했지만 마캉달의 흔적은 찾을 수 없었다. 한편 독은 그 출처가 알려지자 공격을 멈추고 외팔이가 어딘가에 묻어뒀을 항아리들로 되돌아가서는 칠흑같이 어두운 대지의 밤에 거품으로 변해버렸고, 이제 대지의 밤은 수많은 생명을 위한 것이 되었다. 개들과 사람들은 땅거미가 깔릴 무렵에 모든 땀구멍으로 피로와 절망의 땀을 쏟으면서 산에서 돌아왔다. 죽음이 정상적인 리듬을 회복한 지금, 정월의 불안정한 기후나 비 때문에 달아오른 특이한 열기가 점점 더해가기만 하는 시기에, 식민지 개척자들은 어쩔 수 없이 군인들과 함께 지내면서 타락해 아과르디엔테를 마시고 카드 도박에 빠졌다. 그들은 음탕한 노래를 부르고 타짜의 기술을 쓰는 와중에도 깨끗한 컵을 들여오는 흑인 여자들의 가슴을 주무르면서, 의족을 한 핏 헤인*이 약 두 세기 동안 해적들이 꿈꾸던 멋진 위업을 쿠바의 바다에서 이루었을 때 카르타헤나 데 인디아스**를 약탈하거나 에스파냐 왕실의 보물에 손을 댄 할아버지들의 위업을 회고했다. 그들은 포도주로 얼룩진 테이블 위로 주사위를 던지고 다시 집어오는 동안 데스낭뷔크, 베르트랑 도주롱, 뒤 로세를 위해,*** 그리고 파리에서 인쇄된 칙령에도 흑인법****의 부드러운 징계에도 결코 주눅들지 않은 채 자기 의지를 법제화하면서 위험을 무릅쓰고 주도적으로 시민지를 개척하던 가슴에 털 난 남자들을 위해 건배했다. 개들은 스파이크 목줄이 풀린 채로 걸상 밑에서 잠들었다.

이제 마캉달을 수색하는 작업은 잔뜩 게으름을 피우고, 나무그늘에서 낮잠을 자고, 간식을 먹느라 지체되었다. 외팔이가 어디에 있는지 전혀 모른 채 여러 달이 흘렀다. 일부는 그가 그 나라 중부 대고원 지역의 구름에 파묻힌 고지, 즉 흑인들이 캐스터네츠 리듬에 맞춰 판당고*****를

---

* 네덜란드의 해군사령관이자 민중의 영웅. 1628년 멕시코 광산에서 채취한 금과 은을 실은 에스파냐 배를 쿠바의 마탄사스 앞바다에서 나포했다.

** 카리브해와 접한 항구도시.

*** 피에르 블랭 데스낭뷔크는 프랑스 무역업자이자 카리브해 탐험가로, 1635년 마르티니크섬에 최초의 프랑스령 생피에르를 건설했다. 베르트랑 도주롱은 프랑스의 선원으로, 1665년 토르투가섬의 총독으로 임명되고 1670년에 카프 프랑수아를 건설했다. 제리메 데샹 뒤 로세는 프랑스 군인으로, 1659년에 에스파냐에게서 토르투가섬을 탈취했고 이후 동인도회사에 넘겼다.

**** 1685년에 루이 14세가 공포한 노예법. 가혹한 농장주의 처벌을 위한 법이라고 공표했지만 실질적으로는 흑인 노예의 행동을 제한하고 종교의 자유를 뺏는 법령이었다.

***** 에스파냐의 전통춤, 혹은 그 춤을 추며 부르는 노래. 여기서는 이 춤에서 기원한 아이티 흑인들의 춤을 가리킨다.

추는 곳에 숨어버렸을 것이라고 생각했다. 다른 사람들은 스쿠너*를 타고 가버린 그 호웅간이 자크멜 지역, 즉 수많은 망자가 소금을 맛볼 기회도 얻지 못한 채 땅을 경작하던 곳에서 작업을 하고 있더라고 했다. 그럼에도 불구하고, 노예들은 대담하게도 흥겨운 마음을 드러내고 있었다. 옥수수를 빻거나 사탕수수를 자를 때 박자를 맞추는 일을 맡은 사람들이 그토록 격렬하게 북을 쳐댄 적은 없었다. 밤이면 흑인들은 창고와 집에서 아주 즐겁게 특이한 소식을 주고받았다. 초록색 이구아나가 연초 건조장 지붕에서 등을 데웠다고 하고, 밤에 날아다녀야 하는 나방이 대낮에 날아다니는 것을 보았다는 사람도 있고, 털을 바짝 세운 커다란 개가 사슴 넓적다리를 문 채 전속력으로 집을 가로질러갔다고 하고, 펠리컨 한 마리가 뒷마당의 포도시렁 위에서 날개를 털자—바다에서 그토록 먼 곳인데—이가 우수수 떨어져나왔다고도 했다.

그들 모두 초록색 이구아나, 밤에 날아다니는 나방, 기이한 개, 거짓말 같은 펠리컨은 다름 아니라 마캉달이 변장한 것이라는 사실을 알고 있었다. 발굽 달린 동물, 조류, 물고기 또는 곤충으로 변신하는 능력을 부여받은 마캉달은 자기 신자들을 감시하고 그들이 자신의 귀환을 여전히 믿고 있는지 확인하려고 플렌 뒤 노르의 여러 아시엔다를 지속적으로 방문했다. 외팔이는 변신에 변신을 거듭하면서 사방에 있었는데, 동물의 옷을 입을 때는 육체가 각각의 옷에 걸맞게 변했다. 어느 날은 날개를 달고 다른 날은 아가미를 단 채, 질주하거나 땅을 기면서, 지하로 흐르는 시냇물, 해변의 동굴, 나무 우듬지의 주인이 되어 이미 그 섬

* 마스트가 두 개 이상 있고 세로돛을 단 범선.

전체를 지배하고 있었다. 이제 그의 능력은 끝이 없었다. 그는 시원한 수조 안에서 쉬는 것처럼 쉽게 암말을 임신시키거나, 아로모나무의 가녀린 가지에 앉거나, 열쇠구멍을 통해 실내로 스며들 수 있었다. 개도 그에게는 짖지 않았으며, 그는 자기 그림자를 맘대로 바꾸었다. 그의 작업으로 어느 흑인 여자가 얼굴이 멧돼지처럼 생긴 사내아이를 낳았다. 그는 밤이면 늘 끝에 불이 이글거리는 뿔을 단 검은 염소로 변신해 길 여기저기에 나타났다. 어느 날 그가 거대한 반란이 일어난다는 신호를 줄 것이고, 담발라, 길의 주인, 검劍의 오군*이 이끄는 저세상의 주인들은 인간의 일을 완성할 폭풍을 일으키려고 벼락과 천둥을 가져올 것이다. 그 위대한 시간에—티 노엘이 말했다—백인들의 피가 개울까지 흐를 텐데, 그곳에서 로아들은 즐거움에 취해 엎드린 채 허파가 가득찰 때까지 피를 마실 것이다.

조바심 어린 기다림은 사 년 동안 이어졌고, 체념하지 않고 귀를 활짝 열어놓은 사람들은 마캉달이 자신의 변신 주기를 마감하고서 근육질의 강인한 몸으로 돌처럼 단단한 불알을 단 채 다시 본래의 사람 다리 위에 자리를 잡았다는 사실을 모든 사람에게 알리기 위해 산에서 거대한 소라고둥들이 외치는 소리를 어느 순간에든 듣게 될 것이다.

---

* 담발라는 부두교에서 가장 중요한 로아, 모든 생명의 창조주다. 길의 주인은 다호메이의 신성인 렉바를 가리킨다. 검의 오군은 다호메이에서 기원한 신성이다.

7
인간의 옷

므시외 르노르망 드 메지는 세탁부 마리네트를 얼마 동안 자신의 침실로 다시 불러들였다가, 리모나드 본당신부의 중매로 신앙심 깊은 절름발이 부자 과부와 재혼했다. 그렇게 해서 그 12월의 첫번째 북풍이 불어왔을 즈음, 그 집의 하인들은 여전히 미지근한 아교풀 냄새를 풍기면서, 새 안주인의 지휘를 받아가며 크리스마스에 집 현관 처마 아래서 불이 밝혀질 종이동굴 주변에 프로방스 출신 성자들을 안치하기 시작했다. 가구장인 투생이 나무로 조각한 동방박사들은 예수 탄생을 재현한 조형물에 비해 너무 크기도 했고, 특히 발타사르*의 소름끼치는 하얀색 눈동자—붓으로 특별히 더 돋보이게 그린—때문에 아예 안치되

* 세 명의 동방박사 중 한 명. 14세기 후반부터 발타사르를 흑인으로 묘사하는 관습이 생겨났다.

지 못했는데, 물에 빠져 죽은 사람의 소름끼치는 비난이 서린 듯한 눈동자는 칠흑 같은 밤에서 튀어나온 것처럼 보였다. 티 노엘과 집에서 일하는 다른 노예들은 예수 탄생 조형물 설치를 도와주면서 크리스마스 선물을 주고받는 날들과 성탄절 자정 미사가 가까워지고 있다는 사실을 기억했고, 주인을 찾아오는 방문객들과 주인이 여는 파티들 덕에 주방에서 돼지귀 하나를 슬쩍하거나 포도주통 꼭지에서 포도주 한 모금을 마시거나 주인이 크리스마스 축일이 끝나고 기독교 의식의 일환으로 잠자리를 가지려고 최근에 사다놓은 앙골라 출신 여자들의 막사로 밤에 몰래 잠입해도 괜찮을 정도로, 노예와 하인에 대한 규율이 상당히 느슨해졌다는 사실을 기억했다. 하지만 티 노엘은 양초에 불이 켜지고 종이동굴의 황금이 반짝거릴 때 자신은 그 자리에 없으리라는 사실을 알고 있었다. 그날 밤 그는 집에서 멀리 떨어진 뒤프르네 아시엔다로 가서 그곳 일꾼들이 개최하는 잔치에 참석할 생각이었는데, 그들은 주인집의 첫아들이 태어난 기념으로 에스파냐산 아과르디엔테를 각자 한 사발씩 마셔도 된다고 허가를 받아놓았다.

로울레, 로울레 콩고아 로울레!
로울레, 로울레 콩고아 로울레!
아 포르 티 필레 야 단세 콩고 야 야 로!

두 시간이 넘도록 횃불빛을 받은 북이 울리고, 여자들은 어깨를 들썩이며 빨랫감을 비비는 듯한 동작을 계속해서 반복했는데, 그때 어떤 진동이 일어나자 노래를 부르는 사람들의 목소리가 잠시 떨렸다. 어머니 북 뒤에 사람 모습을 한 마캉달이 서 있었다. 만딩고족 마캉달. 인간 마캉달. 외팔이. 복원된 인간. 변형된 인간. 아무도 그에게 인사하지 않았으나 그의 시선은 모든 이의 시선과 마주쳤다. 오랜 갈증을 겪었을 그의 하나뿐인 손을 향해 아과르디엔테 사발들이 손에서 손으로 움직이기 시작했다. 티 노엘은 마캉달의 변신한 모습을 처음으로 보았다. 그가 신비로운 거처에 머물렀다는 어떤 표시 같은 것, 즉 비늘이나 강모나 부드러운 털로 이루어진 여러 가지 옷과 연관된 어떤 것이 그에게 남아 있는 것처럼 보였다. 그의 턱은 고양이처럼 뾰족했고, 그의 눈은 그가 외모를 취했을 어떤 새의 눈처럼 관자놀이 쪽으로 살짝 올라간 것 같았다. 여자들이 춤의 리듬에 따라 몸을 흔들어대면서 마캉달 앞으로 지나가고 다시 지나갔다. 그 분위기가 참으로 의아하다 싶더니 갑자기, 사전에 말을 맞춘 것도 아닌데, 모든 목소리가 합쳐지면서 북소리에 맞춰 얀발루* 한 곡을 장엄하고 구슬프게 부르기 시작했다. 사년의 기다림이 끝나고, 그 노래는 무한한 비참함의 표현이 되었다.

옌발로 모인 파파!
모인 파스 망게 큼 밤보.
옌발로우, 파파, 얀발로우 모인!
오우 블라이 모인 라베 쇼디에르,
옌발로 모인?

* 라다 의식에서 추는 춤. 기원과 감사 의식에서 춘다.

나는 계속해서 솥을 씻어야 하나? 나는 계속해서 대나무를 먹어야 하나? 그들의 가슴에서 터져나온 것 같은 이런 질문이 가득차고, 영묘, 탑 또는 끝없이 이어지는 장벽을 세우려고 유형지로 끌려온 사람들의 가슴이 찢어지는 것 같은 신음소리는 합창이 되었다. 오, 아버지, 내 아버지, 갈 길은 왜 이토록 먼가요! 오, 아버지, 내 아버지, 고통은 왜 이토록 긴가요! 티 노엘은 비탄에 깊이 젖어 있었기 때문에 백인들 역시 귀가 있다는 사실을 잊어버렸다. 바로 그 순간에 뒤프르네의 저택 마당에서는 응접실 벽 무기걸이에서 내려온 모든 머스킷, 나팔총, 권총에 탄약이 장전되기 시작했다. 그리고 만일에 대비해, 만딩고족 사내를 체포하게 해달라고 이미 마음을 다해 기도하고 바라던 여자들을 보호할 식칼, 검, 곤봉도 준비되었다.

8
위대한 비행

1월의 어느 월요일, 동이 트기 조금 전에 플렌 뒤 노르의 노예들이 카프로 들어오기 시작했다. 노예들은 말을 탄 주인들과 십장들에게 이끌리고 중무장을 한 경비대원들에게 호송되며, 군대의 북이 엄격하게 박자를 맞추는 대광장을 서서히 검은색으로 물들여갔다. 병사 여럿이 케브라초나무 기둥 밑동에 장작을 쌓는 사이에 다른 병사들은 화로에 연료를 보충했다. 대성당의 안뜰에는 총독, 판사들, 왕실 공무원들, 그리고 그 옆으로 성당 참사회원들이 장대와 버팀대 위에 펼쳐진 장례식용 차양 그늘에 놓인 높다란 붉은 안락의자에 앉아 있었다. 창가에 놓인 화초상자의 꽃이 살랑살랑 흔들리는 가운데 발코니에서는 화사한 양산들이 움직이고 있었다. 장갑 낀 손에 부채를 든 숙녀들이 넓은 극장의 특별관람석에 앉아 큰 소리로 대화를 나누고 있었는데, 목소리가 감흥에 젖어 있었다. 창문이 광장을 향해 난 집 사람들은 손님을 위한 레모네이드와 오르차타*를 준비해두었다. 저 아래서는 갈수록 더 빽빽하게 채워지고 땀을 더 많이 흘리는 흑인들이 자신들을 위해 준비된 공연을 기다리고 있었다. 흑인을 위한 갈라쇼였고, 그 화려한 의식을 거행하기 위해 필요한 비용도 기꺼이 다 치러졌다. 이번에는 흑인 노예들에게 피가 아니라 불로 가르침을 줄 것이었고, 기억에 남도록 등불 몇 개를 켜놓는 데 제법 많은 돈이 들어갔기 때문이다.

갑자기 모든 부채가 일제히 접혔다. 군대의 북소리가 멈추자 극도의 침묵이 흘렀다. 줄무늬 바지를 허리에 두르고, 밧줄과 매듭으로 칭칭 묶이고, 생긴 지 얼마 되지 않아 번들거리는 상처를 드러내고서 마캉달이 광장 한가운데로 나아가고 있었다. 주인들이 자기 노예들의 얼굴을 눈으로 점검했다. 하지만 흑인 노예들은 짜증스럽게 무시하는 표정을 지었다. 백인이 흑인의 일에 관해 대체 뭘 알겠는가? 마캉달은 다양한 변신 과정에서 여러 번 곤충의 신비한 세계에 들어간 적이 있는데, 인간의 팔 하나가 없어지는 대신 다리 여러 개, 날개 네 개, 긴 촉수들이 생겨났다. 그는 파리, 지네, 나방, 개미, 거미, 무당벌레, 심지어는 커다란 푸른빛을 내뿜는 개똥벌레로까지 변신했었다. 결정적인 순간이 되면 만딩고족 사내를 결박했던 끈이 풀리고, 그는 잠시 공중에서 신체의 윤곽을 유지하다가 결박돼 있던 기둥을 타고 스스르 미끄러져내릴 것이다. 윙윙거리는 모기로 변신한 마캉달은 백인들이 당황하는 모습을 즐기려고 군 사령관의 삼각모자에 내려앉을 것이다. 주인들은 그 사실

---

* 기름골의 뿌리줄기로 만든 음료에 설탕이나 꿀, 향신료 등을 첨가한 에스파냐 전통 음료.

을 모르고 있었다. 그래서 그 헛된 쇼를 준비하는 데 그토록 많은 돈을 쓴 것인데, 쇼는 위대한 로아들이 성유를 발라준 그 남자와 싸울 능력이 주인들에게 전혀 없다는 사실을 보여줄 뿐이었다.

이제 마캉달은 고문기둥에 등이 닿은 상태로 묶여 있었다. 사형집행인이 집게로 잔숯불 하나를 집어들었다. 총독은 전날 밤 거울 앞에서 연습한 동작을 되풀이하면서 자신의 예장검을 뽑아 형을 집행하라는 명령을 내렸다. 불이 외팔이의 몸을 향해 오르기 시작하며 다리를 핥았다. 그 순간 마캉달이 사람들의 귀에 선 주문을 울부짖듯 외고는, 상체를 격렬하게 앞으로 숙이더니, 저들이 묶을 수 없었던 잘린 팔 그루터기를, 작지만 훨씬 더 무시무시한 동작으로 마구 흔들어댔다. 마캉달을 결박한 끈이 떨어져나가고, 공중에서 커져버린 그 흑인의 몸은 사람들 머리 위를 날아 운집해 있던 노예들의 검은 물결로 내려앉았다. 한줄기 비명이 광장을 채웠다.

"마캉달이 살아났다!"

그리고 난장판이 되어버렸다. 경비대원들이 울부짖는 흑인 노예들에게 달려들어 개머리판으로 가격했고, 수가 너무 많아 집 사이로 다 들어갈 수 없을 것 같았기에 노예들은 발코니 쪽으로 기어올랐다. 굉음과 비명과 무질서가 어지러이 뒤섞여 있던 터라, 병사 열 명이 마캉달을 붙들어 머리부터 불 속으로 집어넣고, 불길이 머리에 붙어 타오르면서 그의 마지막 비명을 삼켜버리는 것을 본 사람은 거의 없었다. 노예들이 잠잠해졌을 때 화톳불은 상태 좋은 장작에 불을 붙인 것처럼 멀쩡히 타오르고, 바다에서 불어오는 산들바람은 부인 두어 명이 기절했다가 정신을 차리는 발코니를 향해 한줄기 연기를 일으키고 있었다. 이제 더이상은 볼 만한 것이 없었다.

그날 오후 노예들은 걷는 내내 웃으면서 자신들의 아시엔다로 돌아왔다. 마캉달은 이 세상의 왕국에 머무름으로써 자신의 약속을 지켰다. 백인들은 건너편 해안의 위대한 신들에게 다시 한번 허를 찔려버렸다. 나이트캡을 쓴 므시외 르노르망 드 메지가 흑인들은 자기 동료가 고문을 당하는데도 무감각했다고—그는 그런 사실에서 인류의 불평등에 관한 철학적인 성찰 몇 가지를 도출해냈는데, 라틴어 인용구를 이용한 연설에서 그 성찰을 밝힐 계획이었다—신앙심 깊은 아내에게 이야기하는 동안, 티 노엘은 부엌에서 일하는 어느 하녀를 마구간의 구유에 넣고 세 번에 걸쳐 교접함으로써 쌍둥이를 임신시켰다.

II

……나는 그녀가 거기서 여왕이 될 것이라고 말했다. 그녀는 가마를 타고 가게 될 것이라고, 어느 노예가 그녀의 바람을 이루어주려고 미세한 표정 변화까지도 신경쓸 것이라고, 그녀는 꽃이 만발한 오렌지나무 밑을 산책하게 될 것이라고, 거기 앤틸리스제도에는 뱀이 없기 때문에 그녀가 뱀을 무서워할 필요는 없을 것이라고, 야만인은 두려워할 만한 존재가 아니라고, 거기서는 사람을 쇠꼬챙이에 꿰어 불에 굽거나 하지 않는다고 말했다. 그리고 끝으로 나는 그녀가 크레올식으로 옷을 입은 모습이 아주 예쁘다고 말함으로써 연설을 마무리했다.

— 마담 다브랑테*

* 프랑스 작가, 역사가 로르 쥐노. 다브랑테 공작부인으로도 알려져 있다. 『다브랑테 공작부인의 회상록 : 혹은 나폴레옹, 대혁명, 총재정부, 집정정부, 제국과 왕정복고에 대한 역사적 추억』에서 폴린 보나파르트에 대해 썼다.

1
미노스와 파시파에의 딸*

므시외 르노르망 드 메지의 두번째 부인이 죽은 지 그리 오래되지 않았을 때, 티 노엘은 파리에 주문한 말의 의전용 장신구 몇 개를 가지러 카프에 가게 되었다. 그 당시 몇 해 동안 도시는 놀랄 만큼 발전했다. 거의 모든 집이 2층이었고, 집 귀퉁이에 넓은 처마가 달린 발코니가 있었으며 세련된 빗장이나 클로버 모양 경첩으로 장식된 높다란 아치형 문도 있었다. 재단사, 모자 제조업자, 깃털 세공사, 이발사가 늘었고, 비올라와 가로 플루트, 거기에다 스퀘어댄스 음악과 소나타 곡의 악보 같은 것을 파는 가게도 있었다. 서점 주인은 〈가제트 드 생도맹그〉 최

* 그리스신화에서 크레테의 왕 미노스는 태양신 헬리오스와 페르세이스 사이에서 태어난 파시파에를 아내로 맞았다. 둘 사이에서 태어난 딸 파이드라는 아테네의 영웅 테세우스의 아내가 된다.

신호를 전시해놨는데, 가벼운 종이에 인쇄된 잡지 지면에는 삽화가 있고, 기사는 종종 굵고 가는 두 줄짜리 짧은 선으로 나뉘어 배치되어 있었다. 그리고 카예 방드뢰유에 개관한 연극 오페라 극장은 그곳의 호사스러움을 더해주었다. 이런 번영은 유독 에스파냐인 거리에 유리하게 작용했고, 주방장 앙리 크리스토프가 옛 주인 마드무아젤 몽종에게서 사들인 지 얼마 안 된 여관 쿠론에는 아주 부유한 외지인들이 투숙하게 되었다. 그 흑인이 만든 요리는 극찬을 받았는데, 파리에서 온 손님을 대접해야 할 때 제대로 양념이 된 요리가 나오거나, 옛 해적이나 입을 구식 옷을 입고 섬의 반대편에서 도착한 사람들 가운데 어느 배고픈 에스파냐 남자가 식욕을 채우려고 할 때 속 재료가 듬뿍 든 오야 포드리다*가 나왔기 때문이다. 주방에서 피어오르는 연기 속에서 높다란 흰 캡을 쓴 앙리 크리스토프는 거북 볼로방**을 오븐에 넣어 굽거나 불로 멧비둘기를 조리하는 감각이 아주 뛰어났다. 그가 반죽 대야에 손을 집어넣기만 하면 퍼프 페이스트리 냄새가 카예 레 트루아 비자주 너머까지 퍼져나갔다.

다시 혼자가 된 므시외 르노르망 드 메지는 고인이 된 옛 안주인에 대한 추억 따위는 신경도 쓰지 않고 카프의 그 극장에 점점 자주 갔는데, 그곳에서는 파리에서 온 진짜 여배우들이 장자크 루소의 아리아를 부르거나 비극적인 알렉상드랭***을 고결하게 노래하면서 반행半行이

---

* 에스파냐식 스튜로, 겨울철에 주로 먹는 보양식. 돼지고기를 비롯한 각종 육류, 콩, 각종 채소를 넣어 만든다.

** 고기나 생선 등을 넣은 파이로, 프랑스에서 주로 크리스마스나 연말 등 명절 때 먹는다.

*** 한 행이 12음절로 이루어진 프랑스의 대표적 시형.

끝날 때마다 땀을 닦았다. 운문으로 된 익명의 비난글이 일부 홀아비의 무절제함을 호되게 비판하면서, 플렌 뒤 노르의 어느 부유한 농장주가 늘 마드무아젤 플로리도르 역을 맡는 배우의 플랑드르풍 관능미와 더불어 밤을 즐겼다는 사실을 그 며칠 동안 모든 사람에게 까발렸는데, 조연 역할도 제대로 소화 못하는 배우인 그녀의 이름은 늘 출연 배우 명단의 맨 마지막에 올라왔지만 남근의 예술에서 그녀만한 재주를 가진 배우는 적었다. 농장주는 그녀의 뜻에 따라 어느 공연 시즌이 끝나갈 무렵에 아시엔다의 경영을 친척의 손에 맡겨두고 급작스럽게 파리로 떠났다. 그런데 그때 그에게 아주 놀랄 만한 일이 일어났다. 몇 개월이 채 지나지 않았을 때, 그가 아주 여러 해 동안 열망해온 '프랑스로의 귀환'이 더는 자신에게 행복의 열쇠가 아니라는 사실을 아이티의 태양, 공간, 풍요, 영지, 개울가에 누워 있는 흑인 여자들에 대한 부풀어오르는 향수가 깨닫게 해준 것이다. 그리고 그는 식민지에 대해 심한 악담을 하고 식민지의 기후를 몹시 증오해대고, 모험가적 기질을 지닌 식민지 개척자들의 거친 태도를 신랄하게 비판한 뒤에, 자질이 부족해서 파리 연극계로부터 배척당한 배우를 데리고 아시엔다로 돌아왔다. 그래서 일요일이면 화려한 제복 차림의 마부들이 모는 호사스러운 마차 두 대가 다시 플렌 뒤 노르를 장식하면서 대성당으로 가게 됐다. 마드무아젤 플로리도르—배우는 자신을 연극 무대에서 사용하던 이름으로 불러달라고 요구했다—의 사륜마차 뒷좌석을 차지한 물라토 소녀 열 명은 파란색 페티코트가 바람에 펄럭거리는 중에도 신나게 재잘거리면서 한순간도 차분히 있지 않았다.

이 모든 일이 이십 년 세월이 흐르는 동안 일어났다. 티 노엘은 어느 하녀에게서 자식 열둘을 두었다. 아시엔다는 그 어느 때보다 번창해서 길가에 토근吐根이 늘어서고 포도나무들은 철 이른 포도주를 선사했다. 그럼에도 불구하고, 므시외 르노르망 드 메지는 나이가 들면서 성미 까다로운 주정뱅이가 되어버렸다. 만성적인 이상 성욕에 사로잡힌 그는 사춘기 노예 소녀들의 거무스름한 살 냄새에 자극받으며 계속해서 눈으로 소녀들을 좇았다. 날이 갈수록 남자 노예들을 벌해대곤 했는데, 특히 그들의 혼외정사가 발각됐을 때는 더 심하게 벌했다. 한편, 말라리아 때문에 수척해지고 쇠약해진 배우는 자신을 목욕시키고 머리를 단장해주는 흑인 여자들에게 온갖 구실로 채찍질을 해댐으로써 예술적인 실패에 대한 화풀이를 했다. 어떤 날 밤에는 술을 마구 퍼마셨다. 그 당시, 그녀가 달이 중천에 떠 있을 때 집안의 모든 노예를 깨워 놓고는, 노예들 앞에서 말바시아 포도주 트림을 해대면서 과거에 한 번도 맡지 못했던 주인공 역을 연기하는 것은 특이한 일이 아니었다. 그녀는 과거 단역배우로 심복이나 소심한 여자 역할을 할 때 쓰던 베일을 둘러쓴 채, 그 당시 부르던 아리아 디 브라부라*의 높은 악절을 불안정한 목소리로 불러댔다.

이제 내 죄들이 다 채워졌네.
나는 근친상간과 위선의 냄새를 맡고 있어.
살기충천한 이 손은 내게 복수하기를 열망하고,
무고한 피 속으로 뛰어들고 싶어 안달하지.

---

* 성악 기교를 최대한 발휘하기 위해 장식적이고 화려한 음, 폭넓은 음역을 구사하는 아리아. 여기서 부르는 곡은 장 라신의 비극 〈파이드라〉에 나오는 곡이다.

흑인 노예들은 무슨 말인지 전혀 이해하지 못했으면서도 깜짝 놀랐는데, 단순한 몽둥이질부터 참수에까지 이르는 벌을 받을 수 있는 비행을 언급하는 노래의 일부 단어가 크레올에도 존재하다보니, 그 부인이 분명 과거에 수많은 범죄를 저질렀고, 파리에 미결제 대금이 있는 수많은 카프의 매춘부들처럼 아마도 파리 경찰을 피해 식민지에 와 있는 것이라고 믿게 된 것이다. '죄'라는 단어는 그 섬의 은어와 유사했고, 판사를 프랑스어로 어떻게 부르는지는 모든 사람이 알고 있었으며, 붉은 악마들의 지옥에 관해서는, 모든 육체적인 죄를 엄금한 므시외 르노르망 드 메지의 두번째 부인이 이미 그들에게 충분히 언급했었다. 횃불빛을 받으면 속이 훤히 비치는 하얀 원피스 차림의 그녀가 고백한 것들은 무엇 하나 썩 교훈적이지 않았다.

> 미노스가 지옥에서 핏기 없는 인간을 모두 심판하네.
> 아, 그의 눈에 자기 딸이 보일 때
> 두려움에 휩싸인 그의 그림자는 얼마나 떨릴까,
> 아마 셀 수도 없을 만큼의 죄를 고백해야 하리,
> 지옥에 알려지지 않았을 죄악들까지도!

르노르망 드 메지의 아시엔다에 있는 노예들은 부도덕한 행위가 자주 자행되는 것을 보고는 계속해서 마캉달을 숭배했다. 티 노엘은 만딩고족 사내의 이야기를 자식들에게 전해주고, 말의 털을 빗기고 먹이를 주는 시간에 마캉달을 기리려고 만들었던 아주 간단한 노래들을 가르쳐주었다. 게다가, 외팔이를 기억하는 것은 좋은 일이었으니, 그는 중요한 과업을 수행하느라 이 땅에서 멀리 떨어진 곳에 있지만 전혀 예기치 않은 날에 이 땅으로 돌아올 것이기 때문이다.

2
대협정

천둥이 모든 루주의 바위투성이 산마루에 우르르 내리치는 것 같더니 한참을 협곡 아래로 굴러내려가 소멸되었을 때, 플렌 뒤 노르 지역 아시엔다의 노예 대표들은 부아 카이만*의 무성한 수풀에 도착했는데, 허리까지 진흙범벅이 된데다 젖은 셔츠를 입고서 벌벌 떨고 있었다. 게다가, 바람의 방향이 바뀌면서 미지근했다가 차갑게 변한 8월의 비가 노예 통행금지 시각부터 점점 더 맹위를 떨쳐댔다. 바지는 이미 살에 찰싹 달라붙었고, 티 노엘은 마대자루를 두건처럼 접어 머리를 가리려고 애썼다. 사위는 어두웠지만 모임에 그 어떤 밀정도 스며들지 않았다는 것은 분명했다. 모임을 알리는 소식은 마지막 순간에야 믿을 만한

* 카프 아이시앵 북쪽에 있는 숲. 부두교의 의식이 거행되는 곳으로, 여기서 아이티 혁명의 첫번째 노예반란이 획책되었다.

사람들을 통해 전달되었다. 다들 낮은 목소리로 이야기했지만, 웅성거리는 소리는 나무 잎사귀를 파르르 떨게 하면서 계속해서 떨어지는 빗소리와 뒤섞여 숲을 가득 메웠다.

어둠 속에서 회합이 열리는 도중에 갑자기 힘찬 목소리 하나가 솟아올랐다. 날카롭게 변하지 않고 묵직한 어조로 이어지는 목소리는 단어들을 특이하게 강조하는 효과를 발휘했다. 분노에 찬 어조와 절규로 가득찬 연설에는 많은 기원과 주문이 담겨 있었다. 이런 식으로 입을 연 사람은 자메이카 출신 부크만이었다. 비록 문장 전체가 천둥소리에 파묻혀버리긴 했지만, 티 노엘은 프랑스에서 무슨 일인가가 일어났고, 영향력이 아주 큰 신사 몇이 흑인에게 자유를 주어야 한다고 선언했으나 하나같이 군주제를 옹호하는 개새끼인 카프의 부유한 지주들이 그 선언에 따르기를 거부했다는 사실을 이해했다고 생각했다. 이 시점에 도달했을 때 부크만은 마치 바다 위로 내리치는 번개를 기다리기 위해서라는 듯, 몇 초 동안 나무 위로 비가 떨어지게 두었다. 그때, 굉음이 지나가자 부크만은 알맞을 때 전쟁을 시작할 것이라고, 이곳의 비밀결사 회원들과 아프리카의 대大로아들 사이에 협약이 조인되었다고 선포했다. 그리고 그를 둘러싸고 박수갈채가 터지는 가운데 최종 훈시가 시작되었다.

"백인들의 하느님은 범죄를 명령합니다. 우리의 신들은 우리에게 복수를 요구합니다. 우리의 신들이 우리 팔을 이끌어 우리에게 도움을 줄 겁니다. 우리 눈물에 목말라하는 백인들 하느님의 상像을 부숴버리세요! 우리, 우리 내부에서 자유를 위한 외침을 들어봅시다!"

노예 대표들은 수염에서 배로 흘러내려 허리띠 가죽을 딱딱하게 만드는 비는 이미 잊어버린 지 오래였다. 폭풍우 속에서 아우성 하나가 터져나왔다. 부크만 옆에서 뼈가 앙상하고 팔다리가 긴 흑인 여자가 의례용 마체테를 쳐들어 공중에서 원을 그리며 돌리고 있었다.

파이 오군, 파이 오군, 파이 오군, 오!
담발라 마프 티레 카논,
파이 오군, 파이 오군, 파이 오군, 오!
담발라, 마프 티레 카논!

무기의 오군, 전사 오군, 노爐의 오군, 대장 오군, 창槍의 오군, 오군-창고, 오군-칸카니칸, 오군-바탈라, 오군-파나마, 오군-바쿨레, 이들은 어둠 속에서 절규가 터져나오는 가운데, 라다의 무녀가 방금 불러낸 것들이었다.

오군 바다그리
제네랄 상글란트,
사이지 조라게
오우 셀로라게
오우 파이트 카타오운 제클라이!

마체테가 갑자기 흑돼지의 배에 꽂혔고, 흑돼지가 소리를 세 번 질러대는 사이에 창자와 허파가 배 밖으로 튀어나왔다. 그러자 자기 성姓이 없어서 각자 주인의 이름으로 불린 노예 대표들이 나무그릇에 담긴 거품 이는 돼지 피를 입술에 바르려고 차례차례 줄을 섰다. 그러고서 그들은 젖은 땅에 엎드렸다. 티 노엘은 항상 부크만에게 복종하겠노라고 다른 사람들처럼 맹세했다. 그러자 그 자메이카 출신 사내가 장 프랑수아, 비아수, 장노를 껴안았는데, 그들은 그날 밤에 아시엔다로 돌아가지 않을 생각이었다. 반란의 참모부가 구성되었다. 반란 개시 신호는 여드레 뒤에 내리기로 했다. 프랑스인과는 견원지간인, 섬 반대편에 사는 에스파냐 식민지 개척자들의 도움도 어느 정도는 받을 수 있을 것 같았다. 선언문을 작성해야 했지만 글을 쓸 줄 아는 사람이 아무도 없는 상황이었는데, 인권선언 내용을 알고 나서부터는 흑인들에게 의심의 여지 없는 호의를 보이던, 볼테르를 신봉하는 돈돈 교구의 아예 신부의 탄력 있는 거위깃털펜을 누군가가 상기시켰다.

농장의 십장이 잠에서 깨기 전에 마구간에 돌아가려던 티 노엘은, 비가 와서 강물이 불어나는 바람에 초록색 개울로 뛰어들어 헤엄쳐야 했다. 새벽종이 울릴 무렵, 그는 태양 냄새가 나는 신선한 꼴풀더미를 허리까지 덮은 채로 앉아 노래를 부르고 있었다.

3
소라고둥의 부름

므시외 르노르망 드 메지는 최근 카프에 다녀온 이래 기분이 엉망이었다. 자신처럼 군주제를 옹호하는 총독 블랑슐랑드는 파리에서 흑인 노예의 운명을 동정하던 바보같은 공상가들의 골치 아픈 허풍에 몹시 짜증을 냈었다. 오! 카페 르 라 레장스에서 또는 팔레루아얄의 아케이드에서 파라오 카드 게임을 두 판쯤 하면서 인종에 관계 없이 모든 인간의 평등을 꿈꾸는 거야 아주 쉬운 일이지. 나침반 지침면과 볼이 부풀어오른 트리톤*으로 아름답게 장식한 아메리카 항구 풍경을 보면, 그리고 프랑스에서 파르니의 자작 에바리스트**의 시와 「사부아 사제의

---

* 그리스신화에 나오는 바다의 신. 포세이돈의 아들로 상반신은 인간이고 하반신은 물고기 모양이며 큰 소라를 불어서 물결을 다스렸다고 한다.

** 프랑스의 시인. 반노예주의, 반식민주의적 입장을 피력했다.

신앙고백」* 사이에 전시되었던, 아브라함 브루니아스**가 게으른 물라토 여자들이나 벌거벗은 세탁부들이나 바나나나무 밑에서 낮잠자는 사람을 묘사한 그림을 보면, 산토도밍고를 「폴과 비르지니」***에 등장하는 녹음 우거진 낙원 같은 곳이라 상상하게 되기 쉬웠는데, 그곳에서는 멜론이 아주 높은 곳에서 떨어지면 행인을 죽일 수 있다는 이유만으로 멜론이 나무에 달려 있지 않았다. 백과전서파의 영향을 받은 자유주의자 평민으로 구성된 국민제헌의회는 5월에 이미 해방노예의 자식인 흑인들에게 참정권을 허용하는 사안을 합의했다. 그리고 이제 농장주들이 불러낸 어느 시민전쟁의 망령 앞에서, 빔펜 남작****을 추종하는 몽상가들이 대답했다. "원칙보다 식민지를 먼저 소멸시켜라."

고민이 깊어 괴로워진 므시외 르노르망 드 메지가, 부모가 씹을 담뱃잎을 훔치러 그 시각에 연초 건조장으로 오곤 하는 소녀 가운데 하나를 강간할 생각으로 담배 공장 단지로 나왔을 때는 밤 열시쯤이었다. 아주 멀리서 소라고둥 소리가 들렸다. 놀랄 만한 일은 지금 그 소라고둥의 느릿한 소리에 산과 밀림에서 다른 소라고둥들이 응답했다는 것이다. 질질 끄는 것 같은 다른 소리가 바다 쪽에서도 밀로 마을의 농가 쪽에서도 들려왔다. 마치 해변의 모든 나팔고둥, 모든 거미고

---

* 장자크 루소의 장편소설 『에밀』 4부.

** 이탈리아 화가. 18세기 카리브해 식민지의 모습을 주 소재로 삼았다.

*** 프랑스의 작가, 식물학자 자크 앙리 베르나르댕 드 생피에르의 단편소설. 생피에르는 루소의 영향을 받아 자연으로 돌아가 인간성을 회복해야 한다고 주장했으며, 이 소설에서도 인도양의 섬과 자연을 이상적으로 묘사했다.

**** 독일 출신의 선장, 탐험가 스타니들라스. 서인도제도에 주재했으며, 저서에서 노예제도를 반대하는 입장을 밝혔다.

둥*, 문을 고정하는 데 사용하는 모든 뿔소라, 언덕 위에서 화석화되어 고독하게 누워 있는 모든 달팽이가 합창을 하는 것 같았다. 갑자기 다른 과모**가 아시엔다의 중앙 막사에서 소리를 높였다. 더 높은 소리를 내는 다른 소라고둥들이 쭉 농장, 연초 건조장, 가축우리에서 응답했다. 므시외 르노르망 드 메지는 깜짝 놀라 부겐빌레아 무더기 뒤에 숨었다.

여러 막사의 모든 문이 동시에 떨어져나가면서 안에서 밖으로 쓰러졌다. 몽둥이를 든 노예들이 십장들의 집을 에워싸고는 연장을 탈취했다. 한 손에 권총을 들고 나타난 농장의 회계담당자가 목에 쇠흙손을 맞고는 목구멍이 위에서 아래로 벌어지면서 맨 처음으로 쓰러졌다. 흑인들은 그 백인의 피로 팔을 적신 후 주인의 저택을 향해 달려가면서 주인, 총독, 하느님, 그리고 세상의 모든 프랑스인더러 뒈지라고 소리를 질렀다. 하지만 대부분은 오랜 갈증에 떠밀려 술을 찾아 저택 지하실로 뛰어들었다. 망치질을 하자 절인 생선이 든 나무통이 갈라졌다. 둥근 술통의 판자가 쪼개지면서 적포도주가 콸콸 쏟아져나와 여자들의 치마를 붉게 물들였다. 사람들이 소리를 질러대고 서로 밀치면서 강탈한, 아과르디엔테가 담긴 다마후아나***와 럼주가 담긴 유리병이 벽에 부딪쳐 깨져버렸다. 흑인들은 웃고 싸우면서 자잘한 박하비누, 토마토피클, 케이퍼, 청어알 위에서 미끄러졌는데, 작은 가죽병에 든 변질된 식용유가 벽돌바닥 위로 흘러나온 게 보였다. 벌거벗은

* 전시에 멀리까지 알림을 보내는 데 사용한 고둥.

** 전통 관악기. 코보라고 부르는, 먼 곳까지 들리는 소리를 낼 수 있는 커다란 소라고둥으로 만든다.

*** 목이 가는 큰 병.

흑인 남자가 장난삼아 돼지기름이 가득 든 항아리 안으로 몸을 집어넣었다. 노파 둘이 질냄비 하나를 가지고 콩고어로 다투었다. 천장에서는 하몬*과 대구 꼬리가 떨어졌다. 티 노엘은 무질서한 사람들 틈에 끼지 않고서 한참을 에스파냐 포도주통 수도꼭지에 입을 대고 있었고 그의 목젖은 연거푸 오르내렸다. 오래전부터 마드무아젤 플로리도르를 강간하는 것을 꿈꿔왔던 그는 그러고 나서 성년인 아들들을 데리고 1층으로 올라갔는데, 그 비극적인 밤에 그녀는 그리스 문양이 그려진 튜닉 아래 회복할 수 없는 세월의 무도함에도 불구하고 전혀 훼손되지 않은 가슴을 여전히 과시하고 있었다.

---

* 소금에 절여 건조한 돼지 다리.

4
궤 속에 든 다곤*

므시외 르노르망 드 메지는 썩 깊지는 않지만 그렇다고 덜 음침하지는 않은 마른 우물 밑에서 이틀을 기다린 끝에 굶주림과 두려움 때문에 창백해진 모습으로 우물 벽 끝 부분에서 천천히 얼굴을 내밀었다. 모든 것이 고요했다. 그들 무리는 하늘에서 둥근 천장을 만드는 연기 기둥들이 어디서 솟아나는지 알아내자, 그 대단한 화재를 뒤로하고 카프를 향해 떠났다. 소량의 화약가루가 르 카르푸 데 페르**를 향해 막 날아오르고 있었다. 집주인은 집으로 다가가며 회계원의 부풀어오른 시체 곁을 지나쳤다. 불탄 개집에서 무시무시한 악취가 풍겨나왔다. 그곳에서 흑인들은 개들이 살아남지 못하도록 개집 문을 역청으로 봉함

* 성경에 나오는 블레셋인들의 신으로, 상반신은 인간이고 하반신은 물고기다.

** 아이티 북부의 도시.

으로써 묵은 빚을 청산했다. 므시외 르노르망 드 메지는 침실로 들어갔다. 배에 낫이 박힌 마드무아젤 플로리도르가 다리를 벌린 채 카펫 위에 뻗어 있었다. 여전히 침대 다리를 붙들고 있는 그녀의 죽은 손은, 벽을 장식한 〈꿈〉이라는 제목의 외설스러운 판화에서 아가씨가 잠들어 있는 자세를 무참하게 상기시켰다. 므시외 르노르망 드 메지는 흐느껴 울면서 그녀 곁에 쓰러졌다. 그러고는 묵주를 붙들고서 어렸을 때 동상을 치료하기 위해 배운 후 잊어버리지 않은 기도문뿐만 아니라 알고 있는 기도문을 죄다 암송했다. 공포에 사로잡힌 그는, 폐허처럼 엉망이 된 집 밖으로 감히 나서지도 못하고 문을 열어둔 채로 여러 날을 보냈는데, 그러던 어느 날 말을 타고 온 파발꾼이 뒷마당에 급박히 서는 바람에 말의 콧구멍이 집 유리창에 닿고 발굽에서 불꽃이 튀었다. 파발꾼이 소리질러 전해준 소식은 므시외 르노르망 드 메지를 혼미상태에서 끄집어냈다. 반란군 무리가 패배한 것이다. 자메이카 출신 부크만의 머리는 외팔이 마캉달의 살이 악취 나는 재로 변한 바로 그 자리에서 이미 푸르스름하게 변색되고 입이 벌어진 채 구더기가 꾀어 있었다. 흑인들을 말살할 계획이 수립되고는 있었으나, 무장하고서 외딴집을 약탈하는 무리가 여전히 남아 있었다. 므시외 르노르망 드 메지는 부인의 시체를 매장하는 데 시간을 지체할 수 없었기 때문에 파발꾼 뒤 말 궁둥이에 올라타 궁둥이 덮개를 두드려가면서 카프로 가는 길을 내달렸다. 멀리서 총소리가 들렸다. 파발꾼이 말에 박차를 가했다.

주인은 티 노엘과 불도장이 찍힌 노예 열두 명이 마체테질을 당하는 것을 막으려고 제시각에 병사兵舍에 도착했는데, 그곳에서는 흑인들이 등을 맞댄 채 두 명씩 묶여서, 화약을 아끼는 것이 더 현명한 처사였기에 마체테로 내려질 죽음을 기다리고 있었다. 주인에게 남은 노예라고는 그들밖에 없었고, 합치면 아바나의 노예시장에서 적어도 에스파냐화 육천오백 페소의 가치는 있었다. 므시외 르노르망 드 메지는 노예들을 아주 가혹하게 체벌하라고 요구했으나, 처형은 자신이 총독과 대화를 할 때까지 연기해달라고 부탁했다. 므시외 블랑슐랑드 총독은 불안, 초조, 불면, 과도한 커피 때문에 몸을 발발 떨면서, 루이 16세와 마리 앙투아네트가 황태자와 함께 있는 그림으로 치장된 집무실 한쪽 끝에서 반대쪽 끝까지 왔다갔다했다. 총독의 어수선한 독백에는 철학자들에 대한 총독의 혹평과 그가 파리로 보냈지만 단 한 번도 답장을 받지 못한 편지에 썼던 예언자적 경고가 뒤섞여 있었기에, 정확한 의미를 파악하기란 어려운 일이었다. 무정부 상태가 세상을 지배하고 있었다. 식민지는 몰락해가고 있었다. 흑인들은 이미 플렌 뒤 노르의 가문 좋은 아가씨들을 거의 모두 강간해버렸다. 여자들의 레이스를 수없이 찢고, 수많은 리넨 시트 사이에서 즐기고, 수많은 농장 십장의 목을 잘라버린 터였으니 이제 그들을 통제할 방법은 없었을 것이다. 므시외 블랑슐랑드는 노예뿐 아니라 자유인이 된 흑인과 물라토까지 전부, 완전히 말살하는 것에 동조했다. 콰르테론이든, 테르세론이든, 마멜루코든, 그리포든, 마라부든 아프리카 피가 흐르는 사람*은 모두 총칼을 맞아 죽어야 했다. 노예들이 크리스마스에 성탄 축하 초를 켜면서 감탄하며 질러대던 고함소리에 속아 넘어가지 말아야 했다는 것이다. 라밧 신부**는 이

* 테르세론은 물라토와 백인의 혼혈, 마멜루코는 테르세론 등의 백인 피가 섞인 혼혈과 백인의 혼혈, 그리포는 북미 원주민이나 물라토 또는 마라부와 흑인의 혼혈, 마라부는 흑인과 콰르테론의 혼혈 또는 그리포나 마라부와 물라토의 혼혈을 가리킨다.

주변 섬들을 처음 여행하고 나서, 흑인들은 궤 속의 다곤을 추앙하는 블레셋인처럼 행동한다고 말했다. 그때 총독이 므시외 르노르망 드 메지가 지금까지 전혀 관심둔 적 없던 단어 하나를 말했다. 부두voodoo. 문득 므시외 르노르망 드 메지는, 카프의 혈색 좋고 호색한인 변호사 모로 드 생메리가 몇 년 전에 산에 사는 주술사들의 야만적인 풍습에 관한 자료를 모으면서 흑인 중 일부는 뱀을 숭배하는 사람이라고 지적한 적이 있다는 사실을 떠올렸다. 옛 기억이 되살아나자, 이런 사실이 므시외 르노르망 드 메지를 몹시 불안하게 만들었고, 그는 북이란 것이 어떤 경우에는 속이 빈 통나무 위에 염소 가죽을 팽팽하게 씌운 것 이상의 무엇일 수 있다는 사실을 깨닫게 되었다. 그러니까, 노예들은 반란을 일으키도록 자신들을 북돋고 연대하게 한 비밀 종교를 가지고 있었던 것이다. 아마도 노예들은 여러 해 동안 거듭해서 므시외 르노르망 드 메지의 코앞에서 그 종교의 의례를 행하고 축제용 북을 치며 대화했을 테지만, 그는 그게 무슨 의미인지 생각해본 적도 없었다. 애초에 교양 있는 사람이 어느 뱀을 숭배하는 사람들의 야만적인 신앙에 관심을 가진다는 게 가능하기나 한가?

총독의 비관주의 때문에 심하게 풀이 죽은 므시외 르노르망 드 메지는 밤이 될 때까지 그 도시의 거리를 정처 없이 떠돌았다. 오랫동안 부크만의 머리를 응시하면서 거기다 대고 똑같은 욕설을 되풀이하는 데 싫증이 날 때까지 상스러운 말을 쏟아내기도 했다. 그는 뚱뚱한 루이종의 집에 잠시 머물렀는데, 그 집 아가씨들은 몸에 하얀 모슬린 천을 두

** 프랑스 사제, 식물학자, 탐험가. 과들루프, 도미니카 등지를 여행했다.

른 채 토란을 심은 화분을 늘어놓은 마당에서 벌거벗은 가슴에 부채질을 하곤 했다. 하지만 사방에 험악한 분위기가 깔려 있었다. 그래서 그는 쿠룬 여관에서 술이나 마실 심산으로 에스파냐인 거리로 발길을 돌렸다. 여관 문이 닫힌 것을 보고야 주방장 앙리 크리스토프가 식민지 군대의 포병 제복을 입으려고 바로 얼마 전에 영업을 그만두었다는 사실을 기억했다. 오랫동안 대중식당의 상징물이었던 황금색 양철 왕관이 철거된 뒤부터 카프에는 신사 혼자 편하게 식사를 할 만한 장소가 없었다. 어느 술집 카운터에서 사 마신 럼 한 잔에 약간 활력이 생긴 므시외 르노르망 드 메지는 석탄을 실어 나르는 화물선 선장과 대화를 했는데, 몇 개월 전부터 꼼짝도 하지 않던 화물선은 구멍난 부분의 수리가 끝나자마자 산티아고 데 쿠바*를 향해 다시 닻을 올릴 예정이라고 했다.

* 쿠바 동부에 위치한 항구도시로, 바다 건너에 아이티가 있다.

5
산티아고 데 쿠바

화물선이 카프의 갑岬을 선회했다. 저 뒤에 남겨진 도시 카프는 늘 흑인들에게 위협받았는데, 이제 흑인들은 에스파냐인이 제공하는 무력의 도움을 빌릴 줄 알았고, 자기네 대의를 수호하던 일부 인문주의자 자코뱅당원들의 열의도 갖췄다. 티 노엘과 동료들이 갑판 밑에 갇혀 석탄 자루 위에서 땀을 흘리는 사이, 일등칸 손님들은 선미에 모여 바람의 해협에서 불어오는 미지근한 산들바람을 음미했다. 묵던 여관이 반란이 일어난 밤에 불타버리는 바람에 카프에 새로 세운 극단의 가수에게 남은 의상이라고는 〈버림받은 디도〉*에서 사용하던 것뿐이었고, 염분 때문에 음률이 흐트러진 클라비코드 한 대를 구한 알사스 출신 음

* 이탈리아 시인 피에트로 메타스타시오의 오페라.

악가는 노란 조개더미 위로 날치 한 마리가 나는 모습을 보느라 요한 프리드리히 에델만이 작곡한 어느 소나타의 박자를 가끔 놓쳤다. 승객 가운데는 군주제를 옹호하는 후작, 공화파 장교 둘, 레이스를 만드는 여자, 성당의 성체현시대聖體顯示臺를 들고 배에 오른 이탈리아인 사제가 있었다.

므시외 르노르망 드 메지는 산티아고 데 쿠바에 도착한 날 밤에 곧장 프랑스 출신 첫 망명자들이 최근에 짓고 야자나무 잎사귀로 지붕을 올린 티볼리 극장에 갔는데, 파리채와 출입구에 고삐를 묶어놓은 당나귀들이 있는 쿠바식 주점이 싫었기 때문이다. 심한 조바심과 공포를 느끼고 크나큰 변화를 여러 번 겪은 그는 노래를 들려주는 그 카페의 분위기 덕에 기운을 되찾았다. 가장 좋은 자리는 옛 친구들이 점유하고 있었는데, 그와 마찬가지로 당밀로 날을 세운 마체테를 피해 도망쳐 온 지주였다. 그런데 기묘한 점은, 재산을 빼앗겨 파산 상태가 되고, 가족의 절반은 뿔뿔이 흩어지고, 딸들은 흑인들에게 강간당해 요양하고 있는데도—이건 사소한 일이 아니었다—옛 식민지 개척자들이 비탄에 젖어 있기보다는 다시 젊어진 것 같다는 점이다. 선견지명이라도 있었는지 산토도밍고에서 돈을 빼온 사람들이 뉴올리언스로 가거나 쿠바에서 새로운 커피농장을 만드는 사이에, 아무것도 건져오지 못한 사람들은 모든 것에서 순간적인 쾌락을 찾으려고 애쓰면서 혼란에 빠진 채, 하루하루 살아가면서, 젊어져야 할 의무도 없이 삶을 즐기고 있었다. 아내를 잃은 남자는 독신생활의 장점을 재발견했다. 존경받아 마땅했던 부인은 발명가 같은 열정으로 간음을 행하고, 군인은 기상나팔 소리가 없는 즐거움을 누리고, 개신교도 아가씨는 얼굴에 연지를 바르고 애교점을 찍어 치장하고서 마치 무대에 선 듯한 즐거움을 알게 되었다. 식민지의 모든 부르주아 계층이 몰락해버렸다. 지금 가장 중요한 일은 티볼리 극장 오케스트라가 유명해지도록 트럼펫을 불고, 오보에로 미뉴에트 삼중주를 돋보이게 하고, 박자에 맞춰 트라이앵글을 치는 것이다. 과거의 공증인들은 악보를 복사했다. 세금징수원들은 열두 뼘쯤 되는 리넨 휘장에 솔로몬의 기둥 스무 개를 장식으로 그려넣었다. 리허설 시간에, 마지막 성체축일 이후 먼지를 뒤집어쓴 타라스카* 옆의 목재격자와 장식용 징이 박힌 문을 뒤로한 채 산티아고 데 쿠바 전체가 낮잠을 자고 있을 때, 과거에는 신앙심이 깊기로 유명했던 나이 지긋한 부인이 늘쩍지근한 어조로 부르는 노래를 듣는 것은 특이한 일도 아니었다.

> 사랑은 자신의 법칙에 따라,
> 우리가 끝없는 행복을 향유하길 원하지!……**

이제, 목부牧夫들의 무도회—파리에서는 이미 너무 구식이 된—가 대대적으로 열릴 거라는 예고가 있자, 흑인의 약탈에서 살아남은 모든 트렁크가 무도회에 사용할 의상을 마련하는 데 도움이 되었다. 실제 야자 잎사귀로 만든 분장실은 즐거운 만남이 이루어지는 장소로 알맞았

---

* 거대한 뱀. 쿠바에서는 19세기 초까지 성체축일의 가장행렬에 거대 뱀 모형을 끌고 나왔다.

** 이탈리아 출신 프랑스 작곡가 장바티스트 륄리의 〈아시스와 갈라테〉에 등장하는 아리아.

고, 그 와중에도 어느 바리톤 남편은 몽시니의 〈탈영병〉에 등장하는 아리아 디 브라부라를 부르는 역할에 심취해 무대에서 꼼짝도 하지 않았다. 산티아고 데 쿠바에서 처음으로 파스피에와 콩트르당스 음악*이 들렸다. 식민지 개척자의 딸들이 쓰고 있던 그 세기의 마지막 가발이 곧 이어 왈츠가 시작된다는 것을 알리는 미뉴에트 생음악 연주에 맞춰 전후좌우로 흔들렸다. 도시에 방종, 몽상, 무질서의 바람이 불고 있었다. 크리오요** 젊은이들은 그곳에 이주해온 사람들의 패션을 모방하기 시작했고 시대에 한참 뒤떨어지는 에스파냐식 패션은 시의회 의원들에게나 떠넘겼다. 쿠바의 몇몇 부인은 고해신부 몰래 프랑스식 예절 강의를 수강했으며, 자기가 신은 구두를 우아하게 과시할 수 있게 발을 보여주는 기술을 연습했다. 밤이면, 므시외 르노르망 드 메지는 술에 거나하게 취한 채 공연의 마지막 부분에 참석해서는 망명자들 스스로 설정한 관습에 따라 〈산루이스 찬가〉와 〈라마르세예즈〉***를 부르기 위해 다른 사람들과 함께 자리에서 일어났다.

빈둥거리기만 하며 사업 구상 따위 전혀 신경쓰지 않게 된 므시외 르노르망 드 메지는 카드놀이를 하거나 기도를 하는 데 시간을 할애하기 시작했다. 그는 아무 도박장에서나 노름을 하려고, 티볼리 극장에 외상값을 갚으려고, 혹은 곱슬거리는 머리 타래에 월하향꽃을 꽂고 항구에서 몸값을 흥정하던 흑인 여자 몇을 집으로 데려가려고 노예들

---

* 파스피에는 8분의 3박자 또는 8분의 6박자로 된 활발한 춤곡, 콩트르당스는 18세기에 프랑스에서 유행한 4분의 2박자 또는 8분의 6박자로 된 사교춤이다.

** 중남미 식민지에서 태어난 백인.

*** 〈산루이스 찬가〉는 쿠바의 도시 산루이스를 기리는 노래, 〈라마르세예즈〉는 프랑스의 국가다.

을 한 명 한 명 헐값에 팔아버렸다. 하지만 동시에, 거울에 비치는 자기 모습이 매주 늙어간다는 사실을 깨닫고는 하느님의 부름이 임박했다는 두려움에 시달리기 시작했다. 과거에 프리메이슨이었던 그는 이제 그 불안정하고 변덕스러운 삼각형*을 불신하고 있었다. 그래서 그는 늘 티 노엘을 데리고 산티아고 대성당에 가서 흐느끼고 절규하면서 열정적으로 기도하느라 오랜 시간을 보냈다. 그가 기도하는 동안 티 노엘은 어느 주교의 초상화 밑에서 잠을 자거나 돈 에스테반 살라스**라고 불리는 마르고 가무잡잡한 노인이 고래고래 악을 써대면서 지휘하는 성가대가 크리스마스 축가를 연습하는 광경을 구경했다. 그런 외모와 태도에도 불구하고 모든 사람이 존경하는 것처럼 보이는 성가대 지휘자가 왜 한 파트가 부른 소절을 다른 파트가 순차적으로 따라불러 합창하게끔 해서 듣는 사람이 짜증날 만큼 정신 없고 알아들을 수 없게 하려고 애쓰는지 티 노엘은 진정 이해할 수 없었다. 하지만 그것은 의심할 바 없이 그 성가단장의 즐거움이었고, 티 노엘은 그가 무기를 들고 다니고 일반 남자들처럼 바지를 입은 걸 보고는 가톨릭교회가 그에게 대단한 권한을 주었다고 생각했다. 돈 에스테반 살라스가 비순, 호른, 보이소프라노 소리로 더욱 풍성하게 만드는 불협화음의 심포니에도 불구하고, 티 노엘은 카프의 성 쉴피스회 성당에서는 결코 본 적 없는 부두교의 열기를 에스파냐식 성당에서 발견했다. 바로크 시대의 황금, 그리스도의 머리카락, 화려하게 조각된 고해소의 신비로움, 도미니코 수

* 숫자 3과 삼각형은 프리메이슨의 상징으로, 지혜, 완성, 조화를 의미한다.
** 쿠바의 종교음악 작곡가로, 산티아고 데 쿠바 대성당의 성가단장이었다.

도회의 경비견, 성자의 발에 짓밟힌 용, 성 안토니오의 돼지,* 성 베네딕토의 수상한 피부색,** 검은 성모상, 프랑스 비극 배우들이 착용하는 편상화를 신고 갑옷을 입은 성 게오르기우스, 크리스마스 이브에 연주하는 목동들의 악기, 이런 것들은 어떤 힘을 가지고 있었는데, 그 힘은 뱀신 담발라를 숭배하는 움포르*** 신전의 재단에서 발휘되는 것과 유사한 영기靈氣, 상징, 속성, 기호 들을 통해 사람을 매혹했다. 게다가 성 산티아고****는 오군 파이, 즉 폭풍우의 장군이며 그의 주문에 따라 부크만의 부하들이 반란을 일으켰다. 그래서 티 노엘은 마캉달에게 들어 배운 옛 노래를 성 산티아고에게 기도하듯이, 자주 읊어주었다.

산티아고, 저는 전쟁의 아들이옵니다.
산티아고,
당신은 제가 전쟁의 아들이라는 사실을 모르시나이까?

---

* 성 안토니오는 이집트의 은수자로, 돼지를 이용해 환자를 치유했다고 한다.

** 성 베네딕토는 시칠리아의 수사로, 노예의 자식이었으며 피부색 때문에 박해를 받았다.

*** 호웅간이 부두교 의식을 행하는 신전.

**** 예수의 열두 제자 중 하나인 야고보를 가리킨다. 844년 클라비호 전투에서 패퇴 일보 직전인 기독교군의 전선에 산티아고가 갑자기 백마를 타고 흰 바탕에 붉은 십자가가 그려진 깃발을 휘두르며 강림해 무어병사 오천여 명을 죽임으로써 전투를 승리로 이끄는 기적을 일으켰다고 한다. 에스파냐에서 산티아고는 정복과 군사, 나아가 에스파냐 전체의 수호성인으로 존경받는다.

6
개들을 태운 배

어느 날 아침 산티아고 데 쿠바 항구가 개 짖는 소리로 가득찼다. 서로 몸뚱이가 묶인 개 수백 마리가 입마개를 쓴 채 위협하듯 거칠게 성질을 부리면서 자기 관리인뿐만 아니라 자기들끼리도 서로 물려고 애썼고, 격자창 뒤에 나타나는 사람들을 향해 달려들면서 물 수도 없으면서 계속 물어뜯으려 덤비다가 채찍을 맞고는 어느 범선의 창고로 끌려들어갔다. 그리고 다른 개들, 더 많은 개들이 농장의 십장, 시골사람, 긴 장화를 신은 사냥꾼 들에게 끌려왔다. 주인이 시킨 대로 막 도미 한 마리를 산 티 노엘이 특이하게 생긴 그 배로 다가가보니, 마스티프 수십 마리가 계속해서 배 안으로 들어가고 있고 프랑스인 장교가 재빠르게 주판알을 튕겨가며 마릿수를 세고 있었다.

"개를 어디로 데려가는 거요?" 해치를 닫으려고 그물을 펼치고 있던 물라토 선원에게 티 노엘이 소리치며 물었다.

"흑인들 잡아먹게 할 거요!" 선원은 개들이 짖어대는 소리 너머로 껄껄대며 대답했다.

크레올로 한 이 대답이 티 노엘에게는 하나의 온전한 계시였다. 그는 대성당을 향해 길을 뛰어 올라갔는데, 성당 입구에는 주인이 미사를 끝내고 나오기를 기다리는 프랑스 식민지의 흑인들이 늘 있었다. 그들이 기다리던 뒤프르네 가족은 마캉달이 체포된 덕에 유명해진 아시엔다를 포기하고는 자기네 땅을 지키겠다는 꿈을 완전히 상실한 채 사흘 전에 산티아고 데 쿠바에 도착했다. 뒤프르네 가족 소유의 흑인들이 카프에서 중요한 소식을 여럿 가져왔다.

폴린은 배를 탄 순간부터, 삐걱거리는 삭구에 거칠고 거대한 파도가 철석철석 부딪치는 가운데, 현재의 앤틸레스제도로 항해하는 군대를 실은 그 프리깃 함에서 자신이 여왕이 된 듯한 기분을 살짝 느꼈다. 그녀의 정부인 배우 라퐁은 그녀를 위해 〈바자제트〉와 〈미트리다테〉*의 매우 장엄한 구절을 절규하듯 읊음으로써 그녀가 여왕 역할에 친숙해지도록 했다. 뭐든지 잘 잊어버리는 폴린은 '우리의 노 아래에서 하얗게 변하는 헬레스폰트**' 같은 말을 어렴풋이 기억하고 있었는데, 그 말은 돛을 활짝 편 채 삼각 깃발을 펄럭이며 항해하는 로세앙호가 남긴 포말의 항적과 운韻이 아주 잘 맞았다. 하지만 수시로 바뀌는 바람은 몇몇 알렉상드랭을 실어가버렸다. 파리에서 브레스트***까

* 〈바자제트〉와 〈미트리다테〉는 모두 라신의 비극이다.

** 에게해와 마르마라해를 잇는 터키의 해협으로, 현재의 다르다넬스해협이다.

지 의자가마를 타고 가겠다는 유치한 변덕 때문에 전군의 출발을 지연시킨 뒤, 그녀는 이제 더 중요한 것을 생각해야 했다. 봉랍으로 밀봉한 그녀의 사각형 바구니에는 모리셔스섬에서 가져온 스카프, 전원풍의 코슬릿****, 줄무늬 모슬린 천으로 만든 치마 들이 들어 있었는데, 식민지의 패션에 관해서는 다브랑테 공작부인에게 제대로 교육을 받은 터라 더위가 시작되는 첫날 착용할 계획이었다. 어쨌든, 여행은 썩 지루하지 않았다. 비스케이만의 불순한 날씨에서 벗어나 선수루 갑판에서 사제가 집전하는 첫번째 미사가 열리자 모든 장교가 정복 차림으로 모여 그녀의 남편 르클레르 장군을 둘러쌌다. 장교 중에는 근사해 보이는 이들도 있었으며, 폴린은 젊었지만 남자를 평가하는 데 능숙했고, 자신을 대하는 그들의 정중하고 배려 넘치는 태도 뒤에 숨겨진 점증하는 욕망을 흐뭇하게 여기며 즐겼다. 그녀는, 갈수록 별이 늘어나며 총총히 빛나는 밤에 돛대에 매달린 등불이 흔들릴 때 수백 명의 남자가 선실, 선수루 갑판, 화물칸에서 그녀에 대한 꿈을 꾼다는 사실을 알고 있었다. 그런 이유로, 그녀는 매일 아침 프리깃함 선수의 앞돛 곁에 서서는 명상에 젖은 척하는 것을 아주 즐기곤 했는데, 일부러 바람결에 머리카락이 휘날리게 하고 몸에 착 달라붙는 옷으로 가슴의 근사한 자태가 드러나도록 했다.

아조레스제도의 좁은 바닷길을 지나면서 섬 마을에 있는 포르투갈식 하얀 소성당들을 멀리서 응시한 지 며칠이 지난 뒤에, 폴린은 바다가 새롭게 바뀌어가고 있다는 사실을 발견했다. 이제 동쪽으로 떠내

*** 프랑스 서부, 브르타뉴반도 서쪽 끝에 있는 항구 도시.

**** 코르셋과 브래지어를 합친 여성용 속옷.

려가는 노란 포도송이 같은 물거품이 바다를 치장하고, 초록색 유리처럼 보이는 학꽁치, 기다란 붉은빛 촉수를 끌고 다니는 파란 거품 같은 해파리, 사나운 이빨이 달린 괴상한 물고기, 신부의 투명한 면사포에 뒤엉킨 듯 보이는 오징어가 밀려왔다. 하지만 더위 속으로 들어가면서 근사한 장교들이 제복 상의 단추를 끄르자, 르클레르 장군은 한술 더 떠 장교들이 아예 제복 상의를 벌려 가슴을 드러낸 채 돌아다녀도 된다고 했다. 유난히 숨막히게 더운 어느 날 밤에 폴린은 나이트가운만 걸친 채 선실 밖으로 나와 자신이 늘 긴 낮잠을 자던 선미루 갑판에 드러누웠다. 바다는 특이한 인광燐光 때문에 녹색으로 변해 있었다. 항해 거리가 길어질수록 점점 더 커져가는 별들로부터 살짝 선선한 기운이 내려오는 것 같았다. 동이 틀 무렵에 돛대 위에서 망을 보던 선원은 선미의 삼각돛 그늘에서 접힌 돛을 깔고 벌거벗은 채 잠든 여자의 존재를 발견하고는 놀라면서도 즐거워했다. 그는 여자가 승무원일 거라 생각하고는 돛의 밧줄을 타고 미끄러지듯 내려와 다가가려 했다. 하지만 잠들어 있던 여자가 잠에서 깨어나려는 자세를 취한 순간, 자신이 폴린 보나파르트의 몸을 응시하고 있다는 사실을 깨달았다. 그녀는 아침의 산들바람에 머리카락이 온통 휘날리는 가운데 선머슴처럼 씩 웃으면서 눈을 비비고는, 갑판의 다른 부분을 가리는 범포가 사람들의 시선으로부터 자신도 가려줄 거라 믿고서 어깨 위로 담수를 여러 양동이 쏟아부었다. 그날 밤 이후 그녀는 늘 야외에서 잠을 잤고, 몹시 천연덕스러운 그 태도가 많은 사람들에게 알려지면서, 산토도밍고에서 반란군을 진압하기 위한 경찰대를 조직하는 책임을 맡은 무뚝뚝한 므시외 에스메나르*조차도 그녀에게 경의를 표하면서 그리스인들의 갈라테이아**를 떠올렸고, 자신에게 가르침을 주는 그녀의 몸 앞에서 뜬눈으로 꿈을 꾸기에 이르렀다.

사탕수수 농장에서 올라오는 안개 때문에 어슴푸레하게 보이는 산을 배경으로 카프와 플렌 뒤 노르가 나타나자, 폴과 비르지니의 사랑을 읽었고 파리의 뤼 드 소몽에서 '섬의 춤'이라는 제목으로 처음 공연된 독특한 리듬의 아름다운 라틴아메리카식 콩트르당스도 본 적 있는 폴린은 그곳에 매료되었다. 그녀는 자신이 낙원의 새, 금조琴鳥 같다고 느끼면서 모슬린 치마 밑으로 처음 보는 양치식물의 가늘기, 비파의 갈색 즙, 부채처럼 접을 수 있는 잎사귀의 크기를 가늠해보고 있었다. 밤이 되자 르클레르는 노예들의 반란, 군주제를 옹호하는 식민지 개척자들 때문에 야기되는 문제, 온갖 종류의 위협에 관해 눈썹을 찌푸리면서 그녀에게 얘기했다. 커다란 위험에 대한 대비책으로 그는 토르투가섬에 집 한 채를 사두라고 지시했다. 하지만 폴린은 그의 말에 크게 신경쓰지 않았다. 그녀는 조제프 라발레의 최루성 소설 『백인 여럿의 가치가 있는 흑인 하나』***를 계속 읽어나가며 감동했고, 말린 무화과, 염소젖 치즈, 맛이 고약한 올리브 등 어렸을 때는 몰랐던 호사와 넘치도록 가득한 그 풍요를 태평스럽게 계속 향유했다. 그녀는 중앙 성당에서 그리 멀지 않은, 하얀 석재로 지어지고 그늘진 정원에 둘러싸인 넓은 집에서 살았다. 그녀는 타마린드나무로 가려진 곳에 수영장을 파서 파란색 모자이크 타일로 덮게 한 뒤에 벌거벗고 수영을 했다. 처음에는 프랑스

---

* 프랑스 시인, 르클레르 장군의 부관으로 함께 생도맹그에 갔다.

** 그리스신화에 나오는 바다의 요정.

*** 프랑스의 군인, 작가 조제프 라발레의 소설로, 반노예주의, 박애주의가 투영되어 있다.

출신 하녀에게 마사지를 받았다. 하지만, 어느 날 남자의 손이 더 세고 더 자극적이겠다 생각하고는 목욕탕에서 일했던 솔리만의 봉사를 받았는데, 그는 그녀의 몸을 보살폈을 뿐만 아니라, 아몬드크림으로 피부를 문지르고 제모를 하고 발톱에 윤을 냈다. 그가 몸을 씻겨줄 때면 폴린은 수영장 물속에서 마사지사의 탄탄한 옆구리를 슬쩍 건드리면서 야살스러운 쾌락을 느꼈는데, 그녀는 그가 육체적인 욕망 때문에 언제나 고문당하고 있으며, 채찍으로 호되게 조련받은 개처럼 온순한 태도를 가장하고서 그녀를 흘끔 훔쳐본다는 사실도 알고 있었다. 종종 푸른 나뭇가지로 몸에 상처가 나지 않을 만큼 그를 때리면서, 엄살을 부리는 그의 표정을 보며 웃기도 했다. 실제로 폴린은 그가 그녀의 아름다움을 위해 필요한 온갖 것에 애정 어린 정성을 기울인다는 사실에 고마움을 느끼고 있었다. 그래서 흑인 사내가 맡은 바 소임을 민첩하게 처리하거나 자신의 마음에 들게 마사지를 해내는 것에 대한 보상 차원에서, 가끔 사내가 바닥에 무릎을 꿇은 채 그녀의 다리에 입을 맞출 수 있도록 허락해주었고, 그는 베르나르댕 드 생피에르가 어느 순수한 영혼이 계몽사상의 고결한 가르침 앞에 진심 어린 감사를 표하는 것이라고 해석했을 법한 표정을 지으며 입을 맞추었다.

그렇게 그녀는, 비록 르클레르가 남부 지방을 돌아다니는 동안 가끔씩 잘생긴 장교와 젊음의 열정을 품고서 즐기긴 했지만, 자신이 비르지니나 아탈라*와 다소 비슷하다고 생각하면서, 늘어지게 낮잠을 자고 기

---

* 비르지니는 생피에르의 소설 「폴과 비르지니」의 주인공, 아탈라는 샤토브리앙의 소설 『아탈라』의 주인공이다. 둘 다 목가적이고 원시적인 자연 속에서 만난 남자와 사랑에 빠지지만 결국 비극적인 결말을 맞는다.

지개를 켜면서 일어나는 나날을 보냈다. 그런데 어느 날 오후, 흑인 남자 조수 넷의 도움을 받아 그녀의 머리를 손질하던 프랑스 이발사가 고약한 냄새가 나는 핏덩어리를 토하며 그녀 앞에서 쓰러져버렸다. 흥을 깨는 무시무시한 사건 하나가 흰점박이 이집트숲모기처럼 폴린 보나파르트의 열대성 환상 속에서 왱왱거리기 시작했다.

7
성 트라스토르노*

다음날 아침, 역병으로 인구의 10분의 1이 줄어든 마을들을 막 통과해온 르클레르의 당부에 따라 폴린은 흑인 솔리만과 짐꾸러미를 든 하녀들을 대동하고 토르투가섬으로 피신했다. 처음 며칠 동안 그녀는 모래 쌓인 만에서 수영을 하고 외과의사 알렉상드르 올리비에 엑스크믈랭**의 회고록을 대충 훑어보면서 소일했는데, 그는 이 섬에 흉물스러운 성채의 폐허를 남긴 아메리카의 해적들의 거친 삶, 그들의 습성과 악행에 관해 아주 잘 알고 있었다. 그녀는 침실 거울에 비친 자기 얼굴

* 가톨릭이 부두교에 들어가면서 프랑스의 생불베르세가 아이티에서 로아화된 개념. 적이 만들어내는 피해나 재난에서 보호해준다. '트라스토르노'는 혼란, 피해, 재난이라는 뜻이다.

** 플랑드르 출신의 작가, 탐험가. 17세기 카리브의 해적에 관해 중요한 자료를 남겼다.

이 햇빛에 그을어 갈색으로 변했다는 사실을 알고는, 근사한 물라토 여자가 되어버렸다며 웃었다. 하지만 그런 느긋한 시간은 짧았다. 어느 날 오후였다. 르클레르는 기분 나쁜 오한 때문에 상태가 좋지 않은 몸으로 토르투가섬에 하선했다. 눈이 노랬다. 그를 따라갔던 군의관은 대황을 잔뜩 처방했다.

폴린은 공포에 질렸다. 아작시오*에서 발생했던 콜레라의 희미한 이미지가 뇌리에 되살아났다. 여러 집에서 관이 흑인들의 어깨에 얹혀 나왔고, 검은 베일을 쓴 미망인들이 무화과나무 아래서 울부짖었고, 검은 옷을 입은 딸들이 아버지의 무덤으로 뛰어들려고 하는 바람에 묘지에서 끌어내야 했다. 폴린은 유년 시절에 여러 번 겪은 폐쇄공포증이 생각나 갑자기 불안에 빠졌다. 이때 문득 메마른 땅, 불그스레한 바위, 선인장이 자라고 매미가 울어대는 황무지, 늘 바다가 바라보이는 토르투가섬이 고향 섬과 유사하다는 생각이 들었다. 도망치는 것은 불가능했다. 닫힌 문 뒤에서는, 금실로 수놓은 화려한 제복 속에서 속수무책으로 죽어갈 만큼 우매한 남자가 숨을 헐떡거리고 있었다. 폴린은 의사의 조치가 아무런 효험이 없다는 사실을 알고는 솔리만의 충고에 따랐는데, 그는 유향, 쪽, 레몬 껍질을 태워 연기를 쐬어주고, 위대한 재판관**의 기도문, 성 게르기우스의 기도문, 성 트라스토르노의 기도문처럼 특별한 힘이 있는 기도문을 암송하라고 했다. 그녀는 집의 문을 전부 향초香草와 연초 찌꺼기로 문지르게 했다. 검은 나무로 만든 십자고상 아래서 무릎을 꿇은 채 과장스럽고 조금은 촌스러운 태도

* 코르시카섬의 수도. 나폴레옹이 태어난 곳이다.

** 쿠바에서는 적이나 동물에게 위협받을 때 위대한 재판관에게 기도한다.

로 경건하게 기도를 했는데, 매번 기도 말미에 그 흑인과 함께 "말로, 프레스토, 파스토, 에파시오, 아멘" 하고 부르짖었다. 더욱이, 그런 주문을 외거나 어느 레몬나무 몸통에 십자가 형태로 못을 박는 행위는 그녀 안에 옛 코르시카 피의 본성을 되살렸는데, 그런 본성은 그녀가 불신함으로써 그 존재를 인식하게 된 총재정부*의 거짓말보다는 흑인들의 현존하는 우주진화론에 더 가까운 것이었다. 지금 그녀는 자신이 당시 유행에 따르느라 성스러운 것들을 종종 조롱했던 일을 후회하고 있었다. 르클레르가 겪은 죽음의 고통이 그녀의 두려움을 키웠고, 그로 인해 그녀는 그 섬의 진정한 주인, 다른 해안의 전염병을 막아줄 수 있는 단 한 사람, 의사의 처방전이 쓸모없게 된 상황에서 치료를 할 수 있는 유일한 의사인 솔리만이 주문을 통해 불러들이는 마력의 세계로 성큼 다가가게 되었다. 그 흑인은 나쁜 기운이 바닷물을 건너오는 것을 막으려고 코코넛 열매를 반으로 쪼개고 폴린의 바느질상자에서 꺼낸 리본으로 치장해 만든 작은 배들을 바다에 띄웠는데, 바다의 주인 아과수**에게 바치는 공물인 셈이었다. 어느 날 아침, 폴린은 르클레르의 짐꾸러미에서 전투함 모형을 발견했다. 그녀는 솔리만이 그 예술품도 공물에 넣을 수 있도록 배를 들고 해변으로 달려갔다. 맹세하고, 참회하고, 고행복을 착용하고, 단식을 하고, 유년 시절의 가짜 적이 가끔 털북숭이 귀로 주의 깊게 들을지도 모르는 탄원기도를 아무에게나 하는 등, 모든 수단을 동원해서라도 질병을 막아야 했다.

---

* 로베스피에르를 실각시킨 테르미도르파가 세운 정부. 나폴레옹의 쿠데타로 소멸되었다.

** 다호메이의 신성으로, 아이티에서는 선원과 어부를 보호하는 존재다.

폴린은 갑자기 특이한 방식으로 집안을 걸어다니기 시작했는데, 사람들이 하루 종일 십자가를 짓밟고 다니길 바란 프리메이슨 회원들의 불경한 선동 때문에 오직 사각형으로만 재단되는—이는 익히 알려진 사실이다—바닥판석들의 십자 줄눈 위를 발로 밟지 않기 위해서였다. 이제 솔리만이 폴린의 가슴에 흩뿌리는 것은 향유나 박하향을 넣은 시원한 물이 아니라, 아과르디엔테, 짓이긴 씨앗, 기름기 많은 즙, 그리고 새의 피로 만든 연고였다. 어느 날 아침 프랑스 출신 하녀들은 폴린이 머리를 풀어헤친 채 바닥에 무릎을 꿇고 있고 그 흑인이 폴린 주위를 돌면서 기괴한 춤을 추는 모습을 발견하고는 깜짝 놀랐다. 솔리만은 성기를 가리려고 허리띠에 매달아놓은 하얀 천 외에 다른 옷은 입지 않고, 목은 파랗고 빨간 목걸이들로 장식한 채 녹슨 마체테를 휘두르면서 새처럼 팔짝팔짝 뛰었다. 두 사람은 가슴 깊은 곳에서 나오는 것 같은 긴 신음소리를 내뱉었는데, 보름달이 뜨는 밤에 개가 울부짖는 소리 같았다. 목이 잘린 수탉이 흩어진 옥수수 알갱이 위에서 여전히 날개를 파닥이고 있었다. 흑인은 어느 하녀가 그 장면을 응시하고 있는 것을 보고는 화를 내며 문을 발로 차 닫아버렸다. 그날 오후 여러 성자의 성화가 천장 서까래에 거꾸로 매달린 상태로 모습을 드러냈다. 솔리만은 이제 폴린에게서 떨어지지 않았고, 잠도 그녀의 침실에 깔린 붉은 카펫에서 잤다.

르클레르가 황열병으로 죽자 폴린은 정신이상이 될 지경에 이르렀다. 이제 열대성은, 죽음의 고통을 겪는 사람의 집 지붕에 자리잡고 끈기 있게 기다리는 큰 독수리와 더불어 그녀에게 혐오감을 주었다. 여위고 눈이 움푹 들어간 폴린은 군대의 예복을 입힌 남편의 시신을 삼나무관에 안치하도록 조치한 뒤에 가슴을 스카풀라*로 감싼 채 서둘러 요트에 올랐다. 하지만 동쪽에서 불어오는 바람, 뱃머리 앞으로 파리가 점점 가까워지고 있다는 느낌, 삼나무관 쇠고리를 삭게 만드는 소금기 머금은 공기가 젊은 미망인에게서 고행복을 벗기기 시작했다. 그리고 거친 파도가 이는 바다가 배 용골의 목재를 심하게 삐걱거리게 하던 어느 날 오후에, 그녀의 장례용 베일은 르클레르 장군의 유품을 받들고 보호하는 임무를 맡은 젊은 장교의 박차에 휘감겼다. 그녀가 입던 식민지풍의 의상을 구겨서 넣어둔 사각형 바구니에는 파파 렉바**에게 바치는 부적이 들어 있었는데, 솔리만이 만든 그 부적은 폴린 보나파르트를 로마로 이끄는 모든 길을 열어줄 것이다.

폴린이 떠난 일은 식민지에 있던 모든 상식의 쇠퇴를 의미했다. 로샹보*** 정부하에서, 과거의 번영기로 돌아갈 수 있다는 희망을 상실한 플렌 뒤 노르의 마지막 지주들은 한계도 휴지기도 없이 진탕 먹고 마시며 난잡하게 노는 파티에 빠졌다. 그 누구도 시계에 신경쓰지 않았으며, 동이 터도 밤은 끝나지 않았다. 어떤 재난이 닥쳐 즐거움을 누릴 수 없게 되기 전까지는 포도주를 고갈시키고, 몸을 축내고, 쾌락을 탐닉해야 했다. 총독은 여자들을 받는 대가로 각종 호의를 베풀었다. 카프의 숙녀들은 죽은 르클레르가 생전에 "흑인 남자와 밀통한 백인 여자

---

* 수도사와 신자들이 어깨에 걸치는 긴 겉옷.

** 모든 의식에서 첫번째로 불리는 로아로, 인간과 다른 로아를 중재한다. 늘 지팡이나 목발에 의지하는 노인의 형상을 취한다.

*** 프랑스 귀족, 군인. 르클레르가 죽은 후 산토도밍고의 통치를 맡았다.

는 계급에 상관없이 프랑스로 돌려보내야 한다"라고 한 선언을 조롱했다. 수많은 여자가 레즈비언이 되어 자기 애인이라며 물라토 여자들과 함께 춤 파티에 나타났다. 노예의 딸은 어린 나이에 강간을 당했다. 그렇게 되자 이내 공포가 팽배해졌다. 파티가 열린 날에 로샹보는 개들더러 흑인을 잡아먹게끔 했는데, 개들이 이빨로 사람의 몸을 물어뜯으려 하지 않으면 그는 실크옷을 입은 수많은 저명인사의 면전에서 희생자를 베어 피를 흘리게 해서 개들의 식욕을 돋웠다. 로샹보 총독은 그렇게 하면 흑인들이 조용히 있을 것이라 판단하고서 쿠바에 사람을 보내 마스티프 수백 마리를 찾아오도록 한 것이다.

"On leur fera bouffer du noir!(그 개들이 깜둥이들을 잡아먹을 거야!)"

티 노엘이 카프만으로 들어가는 그 배를 본 날, 마르티니크에서 독사를 싣고 온 다른 스쿠너들도 나란히 정박해 있었는데, 자유를 찾아 산으로 도망친 노예들을 도와주던 외딴집에 사는 농부들을 노리고서 로샹보 장군이 플렌 뒤 노르에 풀어놓을 생각으로 들여온 독사였다. 하지만 담발라의 피조물인 뱀들은 알을 낳지 못한 채 죽어 앙시앵 레짐*의 마지막 식민주의자들과 함께 사라져버릴 것이다. 이제 대大로아들은 흑인의 무기 편을 들었다. 도움을 청할 전쟁신들을 모시는 사람들이 전투에서 승리했다. 오군 바다그리는 이성의 여신**의 마지막 보루에 맞

* 프랑스혁명 이전의 절대 군주 체제.

** 프랑스에서는 1793년 말부터 탈기독교화 정책이 본격적으로 시작되었다. 일부 극단주의적 혁명가들은 노트르담 성당을 이성(理性)을 숭배하는 '이성의 전당'으로 바꾸고 오페라 배우를 여신으로 분장시켜 축제를 열었다.

서 창과 칼의 돌격을 인도했다. 그리고 누군가 태양을 붙들거나 나팔을 불어 성벽을 쓰러뜨렸기에* 사람들이 자연스럽게 기억하게 된 모든 전투처럼, 그 며칠 동안의 전투에도 적군의 포문을 맨가슴으로 막아낸 사람들과 총탄이 빗나가게 하는 능력을 내보인 사람들이 있었다. 그때 삭발도 하지 않고 서품도 받지 않은 흑인 사제 몇이 들판에 나타났는데, 사람들은 그들을 사바나의 신부**라 불렀다. 그들은 죽음의 고통을 겪는 자가 누워 있는 초라한 침상 위에서 프랑스 사제처럼 박식하게 라틴어 기도문을 읊었다. 하지만 사제들이 주기도문과 성모송을 읊으면서 악센트와 음조에 변화를 줘 모든 사람이 알고 있는 다른 찬가의 음조변화와 유사하게 만들었기 때문에, 사람들은 비교적 쉽게 이해할 수 있었다. 마침내 삶과 죽음에 관한 일부 사안이 가정에서 다루어지기 시작했다.

---

* 「여호수아기」에서 여호수아는 가나안 지방의 관문인 예리코성을 침공한다. 난공불락으로 명성 높은 예리코성이었지만 여호수아가 주님의 명령에 따라 높은 성벽 둘레를 엄숙하게 행진하다 7일이 되던 날 일제히 나팔을 불며 고함을 지르자 성벽이 무너졌다. 또한 아모리족 다섯 왕의 연합군과 이스라엘군 사이에 전투가 벌어졌을 때 여호수아가 여호와께 태양을 멈추게 해달라고 빌자, 이스라엘의 자손들이 승리할 때까지 태양이 멈췄다.

** 당시 부두교의 세계에 가톨릭이 들어왔음을 의미한다.

III

사방에 황금 왕관이 있었는데, 그중 몇 개는 대단히 무거워서 겨우 들어올릴 수 있었다.

—카를 리터*, 상수시 약탈의 증인.

* 독일의 지리학자로, 1820년 아이티에 머물렀던 경험을 책에 기술했다.

1
전조들

늙은데다 무지외반증에 걸리고 발바닥에 못이 박였음에도 여전히 굳세게 서 있는 흑인 노인이 막 생마르크 부두에 닿은 스쿠너에서 내렸다. 저 멀리 북쪽으로 하늘색보다 조금 더 짙은 파란색 산 능선이 눈에 익숙한 윤곽을 그리고 있었다. 티 노엘은 더는 시간을 지체하지 않고서 굵은 유창목 지팡이를 집어들고 그 도시를 떠났다. 산티아고 데 쿠바의 어느 지주가 무스게임*에서 내기를 걸어서 이겼고, 머지 않아 므시외 르노르망 드 메지가 더없이 절망적인 빈곤 상태에서 죽은 것은 이제 아주 먼 옛날이 되었다. 크리오요 주인 밑에서 티 노엘은 과거 플렌 뒤 노르의 프랑스 출신 주인들이 노예에게 부과한 삶보다 훨씬 더

* 에스파냐식 트럼프의 일종으로, 패를 던질 때 '무스'라고 외친다.

견딜 만한 삶을 경험했다. 그렇게 그는 주인이 매년 크리스마스 선물로 주는 돈을 모아, 갑판에서 지낸다는 조건으로 선주가 요구한 뱃삯을 지불할 수 있었다. 티 노엘은, 비록 몸에 불도장 두 개가 찍혀 있을지라도, 자유인이었다. 이제는 노예제도가 영원히 폐지된 땅에 발을 디딘 것이다.

그는 길을 떠난 첫날 아르티보니트의 강가에 도착해 어느 나무 아래서 밤을 보냈다. 동이 트자 다시 길을 떠나 야생 포도나무와 대나무 사이로 난 길을 따라 걸었다. 말을 목욕시키던 남자들이 그에게 뭐라고 소리쳤는데, 그는 제대로 알아듣지 못했지만 머리에 떠오르는 대로 말하면서 멋대로 대답했다. 더군다나 티 노엘은 당시 혼자였을지언정 전혀 혼자 있지 않았다. 오래전부터 의자, 솥, 심지어는 암소, 기타 또는 자기 그림자와 대화하는 기술을 습득했다. 여기는 사람들이 유쾌했다. 하지만 길로 접어들면, 붉고 단단하던 흙덩이가 지하실의 먼지처럼 변해버린 땅 위에서 식물과 나무가 바짝 말라 뼈대만 남은 것처럼 보였다. 개집만하고 고대 신전처럼 생긴 하얀 석고 무덤들이 있는 하얀색 공동묘지는 더는 보이지 않았다. 여기서는 죽은 자들이 선인장과 관목이 침범한, 조용하고 거친 평지의 길가에 묻혔던 것이다. 가끔씩 보이는 기둥 네 개짜리 집의 방치된 지붕은 주민들이 사악한 기운을 피해 도망쳤음을 의미했다. 그곳에서 자라는 모든 식물은 잎사귀의 모서리가 날카롭고, 창 같은 가시, 잔가시가 달려 있고, 수액을 내뿜기 때문에 해로웠다. 티 노엘이 만난 몇몇 사람은 주둥이를 아래로 숙인 자기네 개들처럼 눈을 내리깐 채 그의 인사에 응대하지 않았다. 흑인은 갑자기 발을 멈추고 깊은 숨을 내쉬었다. 숫염소 한 마리가 가시투성이 나무에

목이 매달린 채 죽어 있었던 것이다. 땅바닥에는 경계표지가 가득했다. 돌멩이 세 개가 반원형으로 놓여 있었는데, 첨두아치 형태로 꺾인 작은 나뭇가지가 그 반원으로 들어가는 문처럼 세워져 있었다. 더 앞으로 나아가자 검은 수탉 여러 마리가 기름을 바른 나뭇가지에 한쪽 다리가 묶여 줄줄이 늘어선 상태에서 고개를 숙인 채 파닥이고 있었다. 마침내, 표지가 끝나는 지점에는 몸통에 검은 가시가 송송 돋아 아주 흉해 보이는 나무가 있고, 나무 주변에 제물이 놓여 있었다. 나무뿌리 사이에는 길의 신 렉바의 목발—포도덩굴처럼 비틀어지고 끝이 부러져나간—여러 개가 놓여 있었다.

티 노엘은 무릎을 꿇었고, 자신에게 위대한 협정의 땅에 돌아오는 기쁨을 허락해준 하늘에 감사를 표했다. 왜냐하면, 데살린*의 승리가 철저한 준비 덕분이었다는 사실을 알고 있었기 때문인데—산티아고 데 쿠바에 온 프랑스 식민지 출신 흑인은 모두 그 사실을 알고 있었다—그 준비에는 로코, 페트로, 오군 페라일레, 브리세-핌바, 카플라오우-핌바, 마리네트 부아-체체, 모든 화약과 불의 신이 개입했고,** 그 덕에 일련의 무시무시한 폭력성이 발휘되어 일부 남자들을 주문으로 공중에 팽개치거나 땅바닥에 패대기쳤다. 그러고 나서는 피, 화약,

---

* 아이티의 국민 영웅으로 건국의 아버지라 불린다. 노예 출신으로, 프랑스군 장교로 복무했다가 아이티 혁명에 참전해 혁명 지도자가 되었다.

** 로코는 다호메이에서 기원한 부두교 신성으로 식물이 지닌 독성, 치료 효과를 이용해 마술을 부린다. 페트로는 호웅간으로, 나중에 신성이 되었다. 오군 페라일레는 군대의 로아이며, 대장장이의 후원자이자 용맹한 사람의 보호자다. 브리세-핌바는 공기, 복수, 폭력과 관련된 로아, 카플라오우-핌바는 불의 로아, 마리네트 부아-체체는 불, 흑마술과 연관된 신성이다.

밀가루, 커피가루가 반죽이 되었다가 결국 효모로 변함으로써 사람들의 머리가 조상을 향하게 만들었고, 그사이에 신성한 북들이 울리고, 비법을 전수받는 사람들의 칼이 화톳불 위에서 서로 부딪쳤다. 흥이 최고조에 이르자, 영靈을 받은 한 남자가 두 남자의 등에 올라탔고, 셋은 앞발을 치켜들고 발버둥치는 켄타우로스 형상이 되어 말처럼 울부짖으며, 밤이 지나도록, 수많은 밤이 지나도록 신의 힘으로 이루어진 세계의 경계들을 핥고 있는 바다를 향해, 전속력으로 질주하는 말처럼 내려갔다.

2
상수시

티 노엘은 여러 날을 걸은 뒤에 몇몇 장소를 알아보기 시작했다. 물맛을 보고는 자신이 그 물에서, 아니 더 아래, 해변을 향해 구불구불 흘러가는 시내에서 여러 번 목욕한 적이 있다는 사실도 알아차렸다. 예전에 마캉달이 독 있는 식물을 찧던 동굴 근처도 지나갔다. 점점 초조해졌지만 플렌 뒤 노르에 다다를 때까지 돈돈의 비좁은 계곡을 따라 내려갔다. 그러고서 바닷가를 따라 르노르망 드 메지의 옛 아시엔다를 향해 계속 걸었다.

그는 삼각형의 꼭짓점을 이루며 서 있는 세이바나무 세 그루를 보고서 자신이 목적지에 도착했다는 사실을 알아차렸다. 하지만 그곳에는 아무것도 남아 있지 않았다. 쪽 농장도, 연초 건조장도, 축사도, 고기 훈제장도 없었다. 집에는 그늘이라곤 없어 햇빛을 온몸으로 받은 탓에 이미 말라비틀어진 오래된 넝쿨손으로 뒤덮인 벽돌 벽난로가 남아 있고, 창고가 있던 자리에는 바닥에 깔린 판석 몇 개가 진흙에 파묻혀 있었으며, 예배당에는 수탉 모양 철제 풍향계가 남아 있었다. 허물어진 벽 잔해가 여기저기에 서 있었는데, 마치 파손된 커다란 문자처럼 보였다. 소나무, 포도넝쿨, 유럽산 나무는 사라져버렸고, 과거 한때, 아스파라거스의 대가 하얀 빛을 띠고 아티초크의 꽃받침이 박하와 마저럼의 숨결 사이에서 짙어가던 채마밭도 마찬가지였다. 아시엔다 전체는 길 하나가 가로지르는 황무지로 변해 있었다. 티 노엘은 이제 과거를 기억하지 못하는 사람에게는 하찮은 돌 하나에 불과한 옛 주택의 어느 귓돌에 앉았다. 개미들과 얘기를 하고 있을 때 예기치 않은 소리가 들려 그는 고개를 돌렸다. 번쩍거리는 제복 차림의 기병 여럿이 빠른 속도로 그에게 다가왔는데, 파란 재킷은 가슴 부위가 늑골 모양의 금실 장식과 끈으로 뒤덮였고, 칼라는 실을 꼬아 만든 장식용 끈으로 수를 놓았으며, 금실 장식으로 둘러싸인 소매에는 술이 많이 달렸고, 섀미바지는 금실과 은실로 수놓아 장식했으며, 군모에는 하늘색 깃털이 꽂혀 있고, 군화는 경기병용이었다. 에스파냐 식민지의 수수한 제복에 익숙했던 티 노엘은 화려한 나폴레옹식 복식을 보고 놀랐는데, 자신과 같은 인종인 그들이 코르시카 출신 남자의 부하 장군들조차도 생각 못했을 호화로운 복장을 입고 있었기 때문이다. 마치 황금 먼지구름에 휩싸인 것 같은 장교들은 티 노엘의 곁을 지나 밀로 마을 쪽으로 멀어져갔다. 노인은 길 흙에 새겨진 말들의 흔적을 넋을 잃고 바라보았다.

수풀에서 나오자 꽃과 과수가 가득찬 풍요로운 채마밭 안에 들어와 있다는 느낌이 들었다. 밀로 마을을 둘러싼 땅은 전부 농장처럼 가꾸

어져 있었는데, 용수로는 질서정연했고, 부드러운 식물이 자라는 이랑은 초록색을 띠었다. 많은 사람이 채찍을 든 군인의 감시를 받으며 작업을 하고 있었는데, 군인들은 게으름을 피우는 사람에게 가끔 돌멩이를 던졌다. 티 노엘은 감시원도 일꾼도 흑인이라는 사실을 확인하고서 일꾼들은 '죄수'일 거라고 생각했는데, 그런 생각은 산티아고 데 쿠바에서 프랑스 식민지 출신 흑인들이 모여 가죽북과 나무북을 치고 춤을 추던 의례에 참석한 밤에 획득한 어떤 관념에 반하는 것이었다. 하지만 지금 노인은 자신이 오랫동안 존재하면서 보았던 그 어떤 것보다 더 뜻밖이고 압도적인 광경에 도취된 채 발을 멈췄다. 깊은 협곡이 보라색 띠처럼 둘러쳐진 산을 배경으로 장밋빛 궁전과 아치형 창문이 달린 성 하나가 서 있었는데, 돌계단의 기단基壇이 높아 성은 거의 공중에 세워진 것처럼 보였다. 한쪽에는 지붕이 있는 기다란 헛간이 여럿 있었는데, 아마도 작업실, 병사, 마구간일 것이다. 다른 쪽에는 하얀 기둥 위에 앉혀진 원형 지붕을 왕관처럼 쓴 둥그런 건물이 있었는데, 그 건물에서 중백의*를 입은 사제 여럿이 나오고 있었다. 가까이 다가가자 테라스, 조각상, 아케이드, 정원, 퍼걸러, 인공시내, 회양목 미로가 보였다. 검은 나무로 만든 거대한 태양을 지탱하는 육중한 사각형 기둥 밑자리에는 청동사자 두 마리가 경비를 서고 있었다. 성채의 중앙공터로 하얀 제복을 입은 병사들, 이각모자**를 쓴 젊은 장교들이 부산하게 오갔는데, 모두의 허벅지에 매달린 군도가 태양빛을 받으며 덜거덕 소리를 냈다. 열린 창을 통해 한창 연습중인 댄스 오케스트라단의 음악소리가 들

---

* 성직자가 성사를 집행할 때 입는, 무릎까지 내려오는 흰옷.

** 앞과 뒤가 뾰족하고 테의 양쪽이 위로 휘어지게 만든 모자로, 나폴레옹이 즐겨 썼다.

려왔다. 머리를 깃털로 장식한 숙녀들이 궁의 창문에 모습을 드러냈는데, 당시 유행하던 옷은 허리통이 지나치게 높았기 때문에 풍만한 가슴이 봉긋 솟아 있었다. 어느 마당에서는 제복을 입은 마부 둘이 태양이 돋을새김으로 새겨진 거대한 황금마차를 스펀지로 문질러 윤을 내고 있었다. 티 노엘은 방금 전에 사제들이 나왔던 원형 건물 앞을 지나가면서, 커튼과 깃발이 달리고 캐노피가 있는 그 건물이 원죄 없으신 성모님의 높은 상이 안치된 성당이라는 사실을 알게 됐다.

하지만 티 노엘은 그 경이로운 세계가 카프의 프랑스 총독들은 전혀 알지 못하는 흑인의 세계라는 사실을 알고는 깜짝 놀라고 말았다. 왜냐하면 지금 트리톤 여러 개로 이루어진 분수 주위를 돌며 춤을 추는, 엉덩이가 탱탱한 기품 있는 부인들이 흑인이고, 송아지 가죽으로 만든 서류가방을 겨드랑이에 낀 채 중앙 계단을 따라 내려오는, 하얀 양말을 신은 두 각료가 흑인이고, 사냥꾼 두목이 이끄는 여러 주민의 어깨에서 수사슴 한 마리를 받아드는, 담비 꼬리를 꽂은 모자를 쓴 조리사가 흑인이고, 말 조련장에서 총총걸음을 걷는 경기병들이 흑인이고, 정원에 마련된 야외극장에서 흑인 배우들이 리허설하는 모습을 왕실의 수석 매사냥꾼과 함께 지켜보는, 은목걸이를 목에 건 주류 담당 고관이 흑인이고, 하얀 머리 가발을 쓰고 황금빛 단추가 달린 제복을 입고서, 초록색 재킷 차림의 궁내대신에게 단추 검사를 받는 시종들이 흑인이고, 성모마리아를 찬양하는 노래를 연습하는 흑인 음악가들에게 자애로운 미소를 보내면서 성당의 제단 위에 모셔져 있는 원죄 없으신 성모님도 결국 온전한 흑인이었기 때문이다. 티 노엘은 자신이 앙리 크리스토프 왕이 특별히 좋아하던 궁전인 상수시에 있다는 사실을 깨달았는데, 앙리 크리스토프는 과거에 에스파냐인 거리의 조리사였고, 쿠론 여관의 주인이었으며, 현재는 '신은 나의 대의이자 나의 검이다'라는 자랑스러운 모토 위에 자기 이름 머리글자를 새겨넣은 동전을 주조하고 있었다.

노인의 등에 무시무시한 몽둥이질이 가해졌다. 그가 뭐라 항의하기도 전에 경비병 하나가 그의 엉덩이를 발끝으로 차대면서 어느 병사로 데려갔다. 감방에 갇힌 티 노엘은 자신이 앙리 크리스토프를 개인적으로 안다고 소리를 지르기 시작했고, 심지어는 노예에서 해방된 후 르노르망 드 메지의 아시엔다에 자주 놀러오던 레이스 직공 여자의 조카딸인 마리 루이즈 코이다비드와 앙리 크리스토프가 결혼했다는 사실도 자신이 알고 있다고 믿었다. 하지만 아무도 그의 말에 신경쓰지 않았다. 오후에 그는 다른 죄수들과 함께 르 보네 드 레베크 산 발치까지 끌려갔는데, 그곳에는 건축자재가 엄청나게 쌓여 있었다. 그에게 벽돌 한 장이 건네졌다.

"그거 위로 올려!…… 그리고 돌아와서 다른 걸 올리고!"

"난 상늙은이요."

티 노엘은 곤봉으로 머리를 한 대 맞았다. 그는 더이상 이의를 제기하지 못한 채 역시 손으로 벽돌을 나르던 어린이, 임신한 소녀, 여자, 노인 들의 긴 행렬에 끼어 경사 급한 산을 오르기 시작했다. 노인은 밀로 마을 쪽으로 고개를 돌렸다. 해가 기울자 이전보다 궁의 분홍빛이 더 두드러져 보였다. 과거에는 카프에 있는 폴린 보나파르트의 집을 장식했던 그녀의 흉상 옆에서, 술장식이 달린 비단옷을 입은 어린 아테나이스 공주와 아메티스트 공주가 볼란테*를 하며 놀았다. 조금 더 떨어진 곳에서는 왕비의 개인 사제가—그 장면에서 유일하게 피부색이 밝았다—왕세자에게 플루타르코스의 『영웅전』**을 읽어주고 있었고, 각료들을 대동한 채 왕비의 정원을 거닐던 앙리 크리스토프는 그 모습에 흐뭇한 눈길을 보냈다. 지나가는 길에 국왕폐하는 대리석 조각들 발치에 왕관과 불사조 형상으로 다듬어진 회양목 위로 막 피어난 백장미 하나를 무심코 움켜쥐었다.

* 배드민턴 등에서 사용하는 셔틀콕. 여기서는 나무를 반구형으로 깎은 라켓으로 깃털을 꽂은 공을 치는 놀이를 가리킨다.

** 나폴레옹이 『영웅전』을 즐겨 읽었기 때문에, 그를 본받고 싶어하던 사람들 역시 이 책에서 영감을 받고자 했다.

3
황소들의 희생

르 보네 드 레베크 산 정상에는 두번째 산인—산 위의 산—시타델라 페리에르가 비계와 더불어 세워지고 있었다. 붉은 버섯이 무성하게 번식해서 이제는 중앙탑 측면을 기어오르면서—탑의 토대부와 버팀벽을 이미 뒤덮은 후였다—황토색 벽 위에 브로케이드처럼 매끈하고 촘촘히 폴립 모양을 퍼뜨리고 있었다. 구름보다 더 높은 곳에 구운 벽돌을 쌓아 세운 그 덩치가 어찌나 크던지 그 모습이 보는 이의 눈을 압도했고, 터널, 복도, 비밀통로, 굴뚝은 짙은 어둠 속에서 깊이 파들어가고 있었다. 허공에서 이미 서로 합쳐지던 양치식물의 색깔에 물든 수조 같은, 연녹색의 푸르른 빛 한줄기가 높다란 총안銃眼과 환기구에서 피어오르는 축축한 증기에 내리비치고 있었다. 주요 포대砲臺 세 개는 지옥 계단을 통해 화약고, 포병 예배당, 부엌, 물탱크, 대장간, 주물공장,

지하감옥과 연결되어 있었다. 무기 광장 중앙에서는 매일 황소 여러 마리가 목이 잘렸는데, 난공불락의 요새를 만들 모르타르에 황소의 피를 섞기 위해서였다. 인부들은 바다 쪽으로 펼쳐진 플렌 뒤 노르의 현기증 나는 전경을 내려다보면서 왕궁의 방, 여자 숙소, 식당, 당구장에 석회를 발랐다. 짐마차의 굴대를 성벽에 끼워넣고 그 위에 구름다리를 설치해서 그 다리로 벽돌과 석재를 꼭대기의 테라스로 옮겼는데, 테라스 양쪽으로는 현기증으로 건축기술자들의 뱃속이 울렁거릴 만한 건물 내외부의 심연이 펼쳐져 있었다. 모르타르가 담긴 나무통을 운반하던 흑인이 가끔씩 구름다리에서 추락해 허공으로 사라져버렸다. 그러면 곧바로 다른 흑인으로 대체되었고, 추락한 흑인에 대해서는 그 누구도 더이상 생각하지 않았다. 남자 수백 명이 늘 채찍과 총의 감시를 받으며 거대한 건축물 안에서 작업하면서, 당시까지는 피라네시의 상상적인 건축물에서만 보이던 작품들을 완성해나갔다. 첫번째 대포 몇 문을 밧줄로 산의 절벽 위로 들어올려서는 항상 어둑하고 천장이 둥근 방들을 따라 설치된 삼나무 포가砲架에 배치했는데, 총안들이 그 나라의 모든 길과 비좁은 산길을 내려다보고 있었다. 그곳에는 스키피오, 한니발, 하밀카르라 불리는 황금색에 가까운 아주 매끈한 청동대포들이 있었는데, 1789년* 이후에 만들어진 그 대포들에는 아직은 불확실했던 자유, 평등이라는 모토가 붙어 있었다. 포열에 충직하나 불행한 남자라는 구슬픈 문구가 새겨진 에스파냐의 대포가 있었고, 포구가 더 크고 포열에 장식이 더 많은 여러 대포에는 태양왕의 문장紋章이 새겨져 있었는데,

---

* 프랑스대혁명이 일어난 해.

대포들은 왕의 최후 수단Ultima Ratio Regum*이라고 거만하게 큰소리로 알리고 있었다.

티 노엘이 들고 간 벽돌을 벽의 발치에 막 내려놓았을 때는 자정이 가까운 시각이었다. 그 시각에도 화톳불과 횃불에 의지해 건축 작업이 계속되고 있었다. 길에서는, 비탈길을 오르다 사정없이 굴러떨어져 무릎을 다친 노새들 옆 커다란 바윗덩이와 나뒹구는 대포들 위에서 남자들이 잠들어 있었다. 늙은 티 노엘은 피로에 지친 나머지 개폐교 아래 해자에 드러누웠다. 동이 틀 무렵 채찍 하나가 그를 깨웠다. 위에서는 그날의 첫 햇빛이 비칠 때 목이 잘릴 예정인 황소들이 울부짖고 있었다. 차가운 구름이 흘러가는 곳에 새로운 비계가 설치되었고, 잠시 후 산 전체가 말 울음소리, 비명소리, 나팔 소리, 채찍질 소리, 이슬을 머금어 부풀어오른 밧줄이 끽끽거리는 소리로 뒤덮였다. 티 노엘은 다른 벽돌을 가지러 밀로 마을 쪽으로 내려가기 시작했다. 내려가는 길에 그는 산의 모든 경사면에서, 모든 오솔길과 샛길에서 여자, 어린아이, 노인 들이 흰개미집처럼 지어지고 있는 요새 발치에 내려놓을 벽돌을 들고 빼곡하게 열을 지어 올라가는 모습을 관찰할 수 있었고, 요새는 해가 나건 비가 오건, 올해 부활절에서 다음 부활절까지 쉬지 않고 위로 올라가던 구운 진흙덩어리로 지어졌다. 티 노엘은 이내 이 공사가 이제 십이 년 이상 지속되고 있으며, 북부 지방의 모든 주민이 이 믿기지 않는 공사에 강제로 동원되어 일하고 있다는 사실을 깨달았다. 징용에 항의하려는 모든 시도는 피로써 잠재워졌다. 흑인 티 노엘은 위에서 아

* 전투를 좌우하는 것은 포와 포병이라고 생각한 루이 14세는 자국 군대의 포에 이 문구를 새기도록 했다.

래로 아래에서 위로 오르락내리락하면서, 상수시의 실내악단, 호사스러운 제복, 화단의 다듬어진 회양목 사이에 놓인 다리 달린 받침대 위에서 햇볕을 받아 뜨거워지던 여인의 하얀 나신상은 므시외 르노르망 드 메지의 아시엔다에서 경험했듯이 증오스러운 노예제도 때문이라는 생각을 하기 시작했다. 더 나쁜 일은, 어느 흑인이 자신과 똑같이 검고, 입술이 두텁고 곱슬머리인데다 코가 납작하고, 자신과 똑같이 잘못 태어났고, 아마도 자신처럼 불도장이 찍혔을 흑인에게 몽둥이로 맞는 엄청난 모욕을 당한다는 것이다. 이는 마치 한집에 사는 자식이 부모를 때리고, 손자가 할머니를 때리고, 며느리가 식구들의 음식을 만드는 시어머니를 때리는 거나 다름없는 일이었다. 게다가, 과거 식민지 개척자들은—통제력을 상실했을 때가 아니라면—자기 노예를 죽이지 않으려고 무척 신경썼는데, 그 이유는 노예 하나를 죽이는 것은 자기 주머니에 큰 구멍을 뚫는 일이었기 때문이다. 반면 여기서는 흑인 하나가 죽는 것은 국가 손실도 아니었는데, 출산 가능한 흑인 여성이 있으면—그리고 여자들은 늘 있었고, 늘 있을 것이다—르 보네 드 레베크 산 정상에 벽돌을 나를 노동자가 부족할 일은 없을 것이기 때문이다.

크리스토프 왕은 공사의 진척 상황을 확인하려고 말을 탄 장교들의 호위를 받으며 자주 시타델 라 페리에르로 올라갔다. 체구가 땅딸막하지만 아주 강건하고, 가슴통이 두툼하고, 코끝이 뭉툭하고, 턱은 자수를 놓은 제복 칼라 속에 파묻힌 모습으로, 왕은 끝없이 이어지는 계단의 가장 높은 곳에서 말의 박차 소리를 내면서 포대, 대장간과 작업장 등을 순시했다. 그가 쓴 나폴레옹식 이각모자에 달린 두 가지 색깔의 꽃 모양 모표에는 새의 눈이 그려져 있었다. 가끔은 그저 채찍을 한번 흔드는 것만으로 한창 게으름을 피우다 발각된 어느 게으름뱅이에게 죽음을, 또는 급경사를 따라 석재 블록을 너무 굼뜨게 올리는 인부들에게 처형을 명령했다. 그리고 마지막으로 그는 늘, 아주 익숙해진 사람들조차도 눈을 감게 만드는 절벽의 가장자리, 바다가 내려다보이는 맨 위 테라스에 안락의자를 옮겨놓도록 했다. 그러고는 자기 주위에 그림자 하나도 얼씬거리지 못하게 하고, 그 무엇도 자기를 방해하지 못하게 해놓고서, 모든 것 위에서 자신의 그림자마저 밟고서 꼿꼿하게 선 채 자신의 지배하에 있는 모든 영토를 가늠해보았다. 프랑스가 섬을 재탈환하려고 시도한다면 그, 앙리 크리스토프, 신은 나의 대의이자 나의 검이다는 자신의 모든 조신朝臣, 자신의 군대, 자신의 개인 사제들, 자신의 음악가들, 자신의 아프리카 출신 시동들, 자신의 어릿광대들과 더불어 거기 구름 위에서 몇 년 동안 충분히 저항할 수 있을 것이다. 그 거대한 돌벽 안에서 일만 오천 명이 어느 것 하나 부족함 없이 그와 함께 살게 될 것이다. 하나밖에 없는 출입구인 개폐교를 들어올리면 시타델 라 페리에르는 독립된 상태로 자체의 군주, 자체의 재원을 가지고 영화를 누리며 사는 온전한 국가가 될 것이다. 왜냐하면, 저 아래 플렌 뒤 노르의 흑인들이 성채를 건설하면서 자신들이 겪은 고통은 잊은 채, 저기 새들보다 더 높은 곳, 아래의 삶이 아련한 종소리와 수탉 울음소리로만 들려올 곳에, 자신과 동일한 인종의 왕이 모두가 공유하는 하늘과 가까운 곳에서 오군의 말 일만 마리의 청동발굽 소리가 울리기를 기다리고 있다고들 하면서 옥수수, 화약, 철, 금이 가득한 성채를 향해 눈을 들어올릴 것이기 때문이다. 비록 내막을 잘 모르는 사람들에게는 그저 군대의 건축 기술 발전 덕에 지어졌다 했을지라도, 목이 잘리고 피를 흘리고

해를 향해 고환을 드러내던 소들의 엄청난 울부짖음이 울려퍼지는 가운데 희생의 깊은 의미를 알고 있던 건설노동자들의 손으로 성채가 지어진 데는 그럴 만한 사유가 있었던 것이다.

4
벽 안에 갇힌 남자

시타델 라 페리에르의 건설 공사가 마무리 단계에 이르고 벽돌을 나르는 사람보다 장인이 더 필요한 시기가 되자 규율은 다소 느슨해졌고, 비록 산의 꺾아지를 듯 높은 바위들을 향해 여전히 모르타르와 컬버린포*를 올리긴 했지만, 많은 여자가 거미줄이 쳐지고 기름때가 묻은 자기 솥으로 돌아갈 수 있었다. 어느 날 아침, 티 노엘은 이제 딱히 필요 없으니 떠나도 된다고 허락받은 사람들 틈에 끼어, 프린세스로열 포대 측면의 비계가 이미 철거된 성채 쪽으로는 고개도 돌리지 않은 채 그곳을 빠져나왔다. 주거지의 바닥재로 쓸 통나무가 지렛대를 통해 비탈길을 올라가고 있었다. 하지만 이제 이런 것에는 전혀 관심 없이 르노

* 15~17세기경에 사용되던 화기. 포신이 길고 무게가 가벼워, 탄환을 먼 거리에서 고속으로 직사할 수 있었다.

르망 드 메지의 옛 땅에 정착하기만을 간절히 바라던 티 노엘은, 장어가 자신이 태어난 진흙으로 되돌아가듯이 그 땅으로 돌아가고 있었다. 장원으로 돌아온 그는, 땅의 기복起伏은 오직 그에게만 의미가 있었기에, 자신이 어떤 의미에서는 그 땅의 주인이라고 느끼면서 여기저기 남아 있는 잔해를 마체테로 치우기 시작했다. 아카시아나무 두 그루를 쓰러뜨리고 나니 벽체 일부가 드러났다. 야생호박 잎사귀 밑에서는 아시엔다 식당의 파란색 타일이 고개를 내밀었다. 흑인이 옛 부엌의 벽난로—반쯤 허물어져 무너진—를 야자나무 잎사귀로 덮자 침실이 하나 생겼고, 그는 바닥을 엉금엉금 기어 침실로 들어간 뒤, 르 보네 드 레베크 산의 오솔길을 내려오면서 타박상을 입은 몸을 쉬기 위해 마른 나도바랭이 이삭을 한가득 채웠다.

그곳에서 겨울바람과 뒤따라오는 비를 피했고, 어떤 새로운 궁*, 몇몇 사람들의 말에 따르면 아르티보니트 해변에 세워지고 있고 창문이 한 해의 날만큼이나 많이 달렸다는 궁을 짓기 위해 인부를 찾아 돌아다닌다는 앙리 크리스토프의 부하들이 무서워 길가에 자주 나가보지는 못했지만, 푸른색 과일과 즙이 많은 망고를 너무 많이 먹어 늘 배불리 지내며 여름이 도래하는 것을 지켜보았다. 하지만 특별히 새로운 일 없이 또 몇 개월이 흘러갔고, 가난에 지친 티 노엘은 카프로 가기로 작정하고는, 과거에 수없이 주인 뒤를 따라갔었지만 이제는 흔적이 지워져버린 오솔길 옆을 바다와 그리 거리를 두지 않고 걸어갔는데, 과거에 아직 이빨도 다 안 자랐고 빨리 걸을 때면 코도반** 소리를 냈으며 목

* 앙리 크리스토프는 아르티보니트강 유역에 거대한 궁을 건설하게 했다.

** 무두질해서 만든 염소나 말 엉덩이 가죽.

에는 망아지의 우스꽝스러운 주름이 아직 남아 있던 말을 타고 아시엔다로 돌아오던 그 길이었다. 도시는 좋다. 도시에서는 갈고리 모양 나뭇가지 하나만 있으면 어깨에 메고 다니는 자루에 넣을 것을 늘 찾을 수 있다. 도시에는 늘 노인에게 자선을 베푸는 인심 좋은 매춘부가 있고, 음악과 조련된 동물, 말을 하는 인형이 있고, 배고프다고 말하는 대신 아과르디엔테를 가리키는 사람과 즐거운 시간을 보내는 여자 조리사가 있다. 티 노엘은 엄청난 추위가 뼛속까지 스며드는 느낌이 들었다. 그는 과거의 병들—아시엔다의 지하실에 있던—을 몹시 그리워했는데, 그 두꺼운 유리병들에는 냄새가 아주 은은하고 색은 차분한, 술에 절인 과일껍질, 산딸기, 허브, 물냉이가 가득 담겨 있곤 했다.

하지만 티 노엘은 도시 전체가 어떤 죽음을 기다리고 있다는 사실을 깨달았다. 마치 집의 모든 창문과 출입문, 모든 미늘살창, 모든 채광창이 대주교궁의 한쪽 모서리를 향해 몸을 돌리고 집 정면은 뭔가를 잔뜩 기대하는 사람처럼 얼굴을 찡그리고 있는 것 같았다. 지붕은 추녀를 길게 늘이고, 집 모서리는 각을 더 뾰족하게 세우고, 습기는 벽에 귀를 그리고 있는 듯했다. 대주교궁의 모서리 벽, 막 모르타르가 마른 사각형 시멘트판 하나에는 고양이가 드나들 만한 구멍이 나 있었다. 이빨 없는 입처럼 검은 구멍에서 갑자기 무시무시한 비명소리가 몇 차례 들리자, 모든 주민이 벌벌 떨었으며 집에 있는 아이들은 울음을 터뜨렸다. 이 일이 일어났을 때 임신한 여자들은 손으로 배를 감쌌고, 일부 행인은 성호를 다 긋지도 않은 채 줄행랑을 쳤다. 그후로 대주교궁의 모서리에서는 울부짖는 소리와 의미 없는 비명이 계속 쏟아져나왔는데, 악담, 사악한 위협, 예언, 저주가 퍼부어지다 못해 결국에는 목구멍이 찢어져 피를 토할 것만 같았다. 얼마 후에는 울음소리로 변해, 가슴 깊은 곳에서 터져나온 노인의 목소리에 담긴 어린이의 울먹거림 같은 소리가 흘러나왔는데, 그전보다 훨씬 더 견디기 힘들었다. 마침내, 울음소리에 이어 거칠게 쌕쌕거리는 소리가 세 번 들렸는데, 천식이 빚어내는 긴 카덴차*를 연주하며 사그러들다가 마침내 단순한 숨소리가 되었다. 이런 현상은 대주교궁의 모서리에서 밤낮으로 반복되었다. 카프에서는 그 누구도 잠들지 못했다. 그 누구도 감히 대주교궁 근처 거리를 지나갈 엄두를 내지 못했다. 사람들은 집안 가장 깊숙한 곳에 있는 방에서 낮은 소리로 기도했다. 그러니까 당시 일어나고 있던 일에 관해 언급할 정도로 대담한 사람이 아무도 없었다는 말이다. 왜냐하면 대주교궁의 벽 속, 즉 자신의 기도실 안에 산 채로 매장되어 있는 카푸친회 수사가 다름 아닌 앙리 크리스토프의 고해신부이자 앙즈의 공작인 코르네유 브레유였기 때문이다. 그는 왕의 모든 비밀, 붉은 탑들이 이미 여러 차례 번개를 맞은 시타델의 모든 비밀을 알고는 프랑스로 떠나려 한 죄 때문에 그곳, 막 회반죽을 바른 어느 벽 밑바닥에서 죽음을 맞이하는 형을 선고받았던 것이다. 마리 루이즈 왕비가 남편의 부츠를 끌어안고 수사를 살려달라고 탄원했지만 아무 소용이 없었다. 성 베드로가 자기 성채에 새로운 폭풍우를 보냈다면서 욕을 퍼부은 앙리 크리스토프는 프랑스 출신 카푸친회 수사의 효과 없는 파문 발언에 놀라는 기미도 보이지 않았다. 게다가 일말의 의구심도 남지 않아야 했기에 상수시에는 왕이 총애하는 새로운 사제가 있었다. 에스파냐 출신 지도신

* 악곡이 끝나기 직전 독주자가 연주하는 기교적인 부분.

부인 그는 늘 사제의 외출용 모자를 쓰고 여기저기 부지런히 돌아다니며 얘기할 뿐만 아니라 미사에서 아름다운 중저음으로 시편을 낭송하는 것을 좋아하는 사람으로, 모든 사람이 그를 후안 데 디오스* 신부라 불렀다. 산 너머 비탈진 지역에 거주하는 세련되지 못한 에스파냐 사람들의 병아리콩 요리와 염장한 훈제 쇠고기에 질린 탓에, 궁정의 여인들이 윤기 나는 과일과 포르투갈산 포도주로 그를 만족시켜주는 아이티 궁정에서 그 교활한 수사는 아주 잘 지냈다. 소문으로는, 크리스토프가 자신의 수렵견들에게 프랑스왕에게 대들며 뛰어오르는 법을 가르치던 어느 날 코르네유 브레유 수사가 크리스토프의 면전에서 부주의하게 내뱉은 말 몇 마디가 수사의 무시무시한 불행의 원인이 되었다고들 했다.

갇힌 지 일주일이 지나자 벽 속 카푸친회 수사의 목소리는 거의 들리지 않게 되었고, 그는, 실제로 들렸다기보다는 들렸다고 느껴졌을, 죽기 직전의 그르렁 소리 속에서 죽어갔다. 그렇게 대주교궁의 모서리에서는 침묵이 흘렀다. 한 도시에서 지나치게 오래 지속된 침묵은 정말로 침묵인지 믿기지 않았으나, 아무것도 모르는 갓 태어난 아기가 대담하게 터뜨려 그 침묵을 깨뜨린 울음소리 덕에 삶의 방향은 길거리의 외침, 헤어지면서 나누는 작별인사, 잡담, 햇볕에 빨래를 널면서 부르는 노래 같은 일상적인 소리로 향하게 되었다. 그때, 티 노엘은 자신의 부대자루에 몇 가지 물건을 집어넣었고, 아과르디엔테 다섯 잔을 연거푸 마시기에 충분한 동전을 술에 취한 선원에게서 얻을 수 있었다. 달

* '하느님의 요한'이라는 의미.

빛 아래서 비틀거리며 돌아가는 길로 접어든 티 노엘은 과거에 그 도시에서 집으로 가면서 늘 부르던 노래를 어렴풋이 떠올렸다. 상스러운 말로 어느 왕을 모욕하는 노래였다. 왕을 모욕한다는 사실이 중요했다. 그렇게, 티 노엘은 앙리 크리스토프에게 욕을 해대면서 그가 왕좌에서 쫓겨나고 그의 가족이 파멸하는 상상을 싫증날 정도로 하다가 아주 빠른 지름길을 발견했고, 방에 깔아놓은 나도바랭이 매트에 드러누웠을 때는 자신이 진짜로 카프에 갔던가 의문까지 들었다.

5
8월 15일의 연대기

"나는 레바논의 향백나무처럼, 헤르몬산에 서 있는 삼나무처럼 자랐다. 나는 엔 게디의 야자나무처럼 예리코의 장미처럼 평원의 싱싱한 올리브나무처럼 플라타너스처럼 자랐다. 나는 향기로운 계피와 낙타가시나무처럼 값진 몰약처럼 풍자 향과 오닉스 향과 유향처럼 천막 안에서 피어오르는 향연처럼 사방에 향내를 풍겼다."*

그날 아침, 왕비 마리 루이즈는 후안 데 디오스 곤살레스 신부가 아주 효과적인 바리톤 억양으로 말한 라틴어를 이해하지는 못했지만, 향냄새, 근처 어느 안뜰에 있는 오렌지나무에서 풍겨오는 향기, 상수시의 약제상에 있는 사기단지 몇 개에 이름이 새겨진 덕에 잘 아는 향료

* 「집회서」 24장 13~15절.

를 암시하는 말씀 전례의 일부 단어 사이에서 어떤 신비로운 조화를 발견했다. 반면 앙리 크리스토프는 뭐라 설명할 수 없는 불안감에 가슴이 답답해지는 것을 느꼈고 그래서 미사에 집중하며 계속 참석할 수가 없었다. 그는 모든 사람의 의견을 무시하고 성모승천대축일 미사를 리모나드 성당에서 봉헌하기를 원했는데, 가는 줄무늬가 있는 회색 대리석이 상큼한 청량감을 주었기 때문에 단추를 잠근 연미복과 훈장들의 무게에도 다소나마 땀을 덜 흘릴 수 있었다. 그럼에도 불구하고 왕은 자신이 적대적인 기운에 둘러싸여 있다고 느꼈다. 왕이 도착하자 환호하며 왕을 맞이했던 민중도 실은 시타델 라 페리에르의 건설 작업에 동원되는 바람에 놓쳐버린 수확 시기와 비옥했던 땅을 똑똑히 기억하며 악의를 잔뜩 품고 있었다. 어떤 외딴집에서는—왕은 의심하고 있었다—자신의 초상화에 핀을 여러 개 박거나 심장 부분에 칼을 꽂아 아무렇게나 걸어놓았을 것이다. 아주 먼 곳으로부터 간간이 북소리가 들려왔는데, 그의 무병장수를 기원하는 것은 분명 아닐 터였다. 하지만 이미 봉헌예식이 시작되고 있었다.

"성모마리아께서 하늘로 올림을 받으시니 천사들의 무리가 기뻐하도다!"*

갑자기 후안 데 디오스 곤살레스가 왕좌 쪽으로 뒷걸음질치기 시작하다가 꼴사납게도 대리석 계단에서 미끄러져 세 칸 아래로 내려갔다. 왕비가 묵주를 떨어뜨렸다. 왕은 칼자루에 손을 갖다댔다. 제단 앞에서는 마치 공기 중에서 태어난 것처럼 다른 사제가 신자들을 바라보고

---

* 8월 15일, 성모승천대축일 미사에서 읽는 복음환호송.

서 있었는데, 어깨와 팔의 일부는 아직 형체도 제대로 갖추어지지 않은 상태였다. 사제의 얼굴이 윤곽과 표정을 갖추어가는 사이에 쥐구멍처럼 검고 입술도 이도 없는 입에서 무시무시한 소리가 터져나오더니, 오르간의 스톱을 완전히 열었을 때 나오는 듯한 울림소리와 더불어 본당의 회중석을 채우고 납틀 스테인드글라스 창을 뒤흔들었다.

"주님, 모든 망자의 영혼을 용서하시고, 죄악의 사슬에서 풀어주소서……"*

앙리 크리스토프는 코르네유 브레유의 이름을 부르려 했지만 이름이 목구멍에 걸린 채 말을 잇지 못했다. 모두가 알고 있듯 유폐된 채 죽어 몸이 썩어버린 바로 그 대주교가 대제단 중앙에서 제의 차림으로 〈진노의 날〉**을 큰 소리로 경건하게 영송하고 있었기 때문이다. 팀파니 소리가 천둥소리처럼 연속해서 울리는 가운데 모든 이를 보좌 앞에 모으리라***라는 구절이 들리자 후안 데 디오스 곤살레스가 신음소리를 내며 왕비의 발치에 허물어지듯 쓰러졌다. 눈알이 튀어나올 정도로 놀란 앙리 크리스토프는 위대하신 권능의 왕****이 나올 때까지 버티고 있었다. 그 순간, 오직 앙리 크리스토프의 귀에만 들리지 않았던 번개가 성당 탑 위로 떨어져 모든 종을 일시에 쪼개버렸다. 성가대의 지휘자, 향로, 성서대, 설교대가 쓰러졌다. 왕은 온몸이 마비된 채 바닥에

---

* 연송 〈주님, 용서하소서〉의 한 구절. 위령미사에서는 〈진노의 날〉을 부르기 전에 영송했다.

** 위령미사에서 부르는 진혼곡의 부속가 중 첫 곡. 마지막 심판의 날에 울려퍼질 나팔 소리를 묘사한 찬송가다.

*** 진혼곡의 부속가 두번째 곡 〈놀라운 나팔 소리〉의 가사.

**** 진혼곡의 부속가 세번째 곡 〈위대하신 왕〉의 가사 첫 줄.

드러누워 천장 들보만 뚫어지게 바라보고 있었다. 하지만 지금 유령은 펄쩍 뛰어올라 어느 들보 위, 즉 앙리 크리스토프가 자기를 볼 수 있는 곳에 앉아서는 피로 물든 수단을 더 넓게 보여주려는 듯 옷소매를 펼치고 다리를 쫙 벌렸다. 왕의 귀에서는 자신의 혈관이 빚어내는 규칙적인 소리가 마치 산에서 두들기는 북소리처럼 들리며 점점 커지고 있었다. 장교들이 왕을 들어 성당 밖으로 옮겨놓자, 왕은 중얼중얼 저주의 말을 내뱉으면서 첫닭이 울면 리모나드 마을 사람을 모조리 죽여버리겠다고 위협했다. 왕이 일단 마리 루이즈와 공주들의 간호를 받고 있는 동안, 왕의 정신착란 때문에 공포에 사로잡힌 농부들은 암탉, 수탉이 꼬끼요 울고 파다닥 홰를 치는 일을 잊어버리게 하려고 닭들을 바구니에 담아 밤처럼 어두운 깊은 우물 안으로 내렸다. 당나귀들은 장대 같은 비가 내리는 가운데 산 아래로 쫓겨났다. 울음소리가 오해받는 일이 없도록 말에게는 재갈을 물렸다.

그날 오후, 질주하는 말 여섯 마리가 끄는 육중한 왕의 마차가 상수시궁 마당으로 들어갔다. 왕은 셔츠도 풀어헤친 채 자신의 방으로 올려졌다. 그는 쇠사슬로 만든 부대자루처럼 침대에 널브러졌다. 팔도 다리도 꼼짝할 수 없었기 때문에 그는 눈을 하얗게 까뒤집으며 가슴 깊은 곳에서 솟구치는 분노를 표출하고 있었다. 의사들은 아과르디엔테, 화약, 빨간 후추를 섞어 만든 약으로 왕의 무력한 몸을 문지르기 시작했다. 궁 전역에서 온갖 약품, 탕약, 소금, 연고 냄새가 관리와 조신으로 가득 들어찬 여러 응접실의 미지근한 공기에 스며들었다. 아테나이스 공주와 아메티스트 공주는 미국인 가정교사의 품에서 울었다. 당시의 예의범절에 그리 신경쓰지 않던 왕비는 장작숯으로 불을 피우는 화로에 데우려고 올려놓은 약초뿌리 탕약이 끓는 것을 지켜보기 위해 응접실 구석에서 웅크리고 있었는데, 이글거리는 숯불 빛이 벽을 장식한 고블랭직 태피스트리의 불카누스의 대장간에 있는 비너스 그림을 비추며 색조에 독특한 사실성을 부여하고 있었다. 왕비마마는 너무 미약한 숯불을 살리고자 부채를 달라고 했다. 온갖 사물을 휘감으려고 조바심을 내고 있는 황혼의 어둠에 뭔가 사악한 분위기가 서려 있었다. 산에서 진짜로 북소리가 울렸는지는 끝내 알려지지 않았다. 하지만 가끔씩, 저 멀리 산에서 내려오는 규칙적인 소리가 알현실에서 기도하던 여자들의 성모송과 특이하게 뒤섞여 몇 사람에게 묘한 반향을 일으켰다.

6
왕의 최후 수단

그다음주 일요일 해가 질 무렵에 앙리 크리스토프는 여전히 마비되어 있는 자신의 무릎과 팔이 굳은 의지가 담긴 각고의 노력에 응답할 것이라는 느낌을 받았다. 앙리 크리스토프는 침대에서 벗어나려고 힘들게 몸을 돌렸고, 허리가 마비된 상태라 침대 매트리스에 등을 반쯤 걸친 채 발을 내려뜨려 바닥에 닿도록 했다. 시종 솔리만이 그가 일어서는 것을 도왔다. 그러자 왕은 거대한 자동기계처럼 천천히 창문까지 걸어갔다. 시종의 연락을 받은 왕비와 공주들은 조용히 방으로 들어가 말을 탄 국왕폐하의 초상화 밑 어두운 구석에 자리를 잡았다. 그들은 당시 오트 르 카프에서 사람들이 술을 마구 퍼마시고 있다는 사실을 알고 있었다. 여기저기 길모퉁이에서는, 땀을 뻘뻘 흘리는 조리사들이 그물국자와 국자로 식탁을 두드려대면서 국과 훈제고기가 가득 담긴 솥에서 음식을 내줬다. 함성과 웃음소리가 들리는 어느 골목에서는 사람들이 손수건을 흔들어대면서 칼렌다*를 추고 있었다.

오후의 공기를 들이마시자 왕의 가슴을 짓누르던 중압감이 차츰차츰 줄어들었다. 지금은 산자락에서 땅거미가 내려와 나무와 미로의 윤곽을 희미하게 만들고 있었다. 갑자기, 앙리 크리스토프의 눈에 왕실 예배당의 음악가들이 악기를 들고 궁 안뜰을 가로지르는 모습이 불쑥 들어왔다. 그들은 각자의 직업 때문에 몸이 변형되어 있었다. 하프 연주자는 하프의 무게 때문에 등이 곱사등이처럼 굽었고, 빼빼 마른 다른 음악가는 어깨에 멘 큰 북 때문에 임신한 것처럼 보였으며, 또다른 음악가는 헬리콘을 끌어안고 있었다. 각뿔대 모양의 치네스코**에 몸이 거의 가려진 난쟁이가 행렬 뒤를 따르고 있었는데, 그가 한 걸음 한 걸음 움직일 때마다 치네스코에 달린 모든 방울이 딸랑거렸다. 왕은 자신의 음악가들이 외롭게 선 어느 케이폭나무 밑에서 음악회를 한답시고 그 시각에 나와서는 산 쪽으로 가는 것을 기이하게 여겼는데, 바로 그때 음악가들이 일시에 군대 북을 쳐댔다. 근위병이 교대하는 시각이었다. 국왕폐하는 자신이 훈련시킨 척탄병들이 자신이 병상에 있는 동안 규율을 엄격히 준수하는지 확인하려고 그들을 주의 깊게 관찰했다. 하지만 그러다 분노에 찬 놀라움을 표하려는 듯 갑자기 손을 들어올렸다. 박자를 맞춰 북을 연주하다가 장단을 흐트러뜨리더니, 북채가 아니라 손가락으로 북 가죽을 난타하며 각기 다른 세 종류의 박자를 만들어내

* 카리브 지역의 전통 음악에 맞춰 추는 춤.

** 긴 막대 위쪽에 원뿔이나 사다리꼴 모양의 구조물을 올리고 거기에 방울을 여러 개 달아 흔드는 악기.

기 시작한 것이다.

“저놈들이 만두쿠만*을 연주하고 있잖아!” 크리스토프가 이각모자를 바닥에 팽개치면서 소리를 질렀다.

그 순간 근위병들이 대열을 흐트러뜨리면서 궁 마당을 무질서하게 가로질렀다. 장교들이 검을 빼들고 내달렸다. 병사 창문에서는 한 무리가 코트 단추도 잠그지 않고 바짓단은 군화 밖으로 빼놓은 채 아래로 뛰어내리기 시작했다. 허공으로 총알이 발사되었다. 군기호위병이 왕자연대의 상징인 왕관과 돌고래가 그려진 군기들을 칼로 베어버렸다. 그 혼란의 와중에 경기병 한 분대가 안장과 마구를 가득 실은 마차를 끄는 노새들을 이끌고 전속력으로 질주해 궁에서 멀어지고 있었다. 그것은 주먹으로 쳐대는 군대 북소리에 맞춰 이루어지는 제복 군인들의 총체적인 탈주였다. 말라리아에 걸린 한 병사가 이 반란에 놀라 침대 시트로 몸을 감싼 채 군모의 턱끈을 채우면서 의무실에서 나왔다. 병사는 크리스토프가 서 있는 창문 아래를 지나가면서 외설스러운 손짓을 하고는 냅다 도망쳐버렸다. 이윽고 멀리서 공작새 우는 소리가 들리고, 초저녁의 정적이 찾아왔다. 왕이 고개를 돌렸다. 밤의 어둠에 휩싸인 방에서는 마리 루이즈 왕비와 아테나이스 공주, 아메티스트 공주가 울고 있었다. 그날 오트 르 카프에서 사람들이 왜 그렇게나 술을 마셔댔는지 명확해졌다.

크리스토프는 난간, 커튼, 의자 등받이에 의지한 채 자신의 궁을 돌아다녔다. 조신, 시종, 근위병이 없어진 복도와 방은 완전히 텅 비어 있

* 아이티어로 ‘퇴각을 알리는 북소리’라는 뜻.

었다. 벽은 더 높아 보이고 판석은 더 넓어 보였다. 거울방에 걸린 거울들은, 가장 멀리 떨어진 거울들까지 모두 왕의 모습만을 비추고 있었다. 곧이어 예전에는 결코 들리지 않았던, 격자천장에서 벌이 윙윙거리는 소리, 천장에 스치는 소리, 귀뚜라미 우는 소리가 지금은 간헐적으로, 더디게 들리면서 정적의 깊이에 완벽성을 더해주었다. 촛대에서 초들이 천천히 녹고 있었다. 나방 한 마리가 회의실에서 빙빙 돌았다. 곤충 한 마리가 금도금 액자틀에 부딪쳐 바닥 여기저기에 떨어졌다가 날아오르기를 되풀이하면서, 딱정벌레가 바닥에 부딪치는 것 같은 소리를 냈다. 두 벽의 창문이 열려 있는 대접견실에서 크리스토프는 자신의 구두굽 소리를 들었고, 그 소리에 완전한 고독감이 더 부풀어올랐다. 쪽문을 통해 부엌으로 내려가 보니 이미 불이 빈 그릴 아래에서 사그라지고 있었다. 식재료를 써는 조리대 옆 바닥에는 빈 포도주병 여러 개가 놓여 있었다. 벽난로 상인방에 걸려 있던 엮은 마늘, 실에 꿴 디온디온버섯, 훈제하려고 걸어놓은 햄은 다들 가져가버려서 남아 있지 않았다. 인적 없는 궁은 달빛도 없는 어둠에 휩싸여 있었다. 사냥개까지도 다 데려가버렸기 때문에 누구든 궁을 약탈할 수 있는 상황이었다. 앙리 크리스토프는 자신의 방이 있는 층으로 돌아왔다. 샹들리에의 불빛이 비친 하얀 계단은 기분 나쁘게 차갑고 음울하게 보였다. 박쥐 한 마리가 홀의 반구형 천장에 난 채광창으로 들어와서는 윤기 없는 황금색 천장 아래서 어지럽게 맴돌고 있었다. 왕은 대리석 난간에 몸을 기댄 채 견고한 질감을 느꼈다.

저 아래, 궁 계단의 맨 아랫단에서 흑인 청년 다섯이 불안에 사로잡힌 얼굴을 크리스토프 쪽으로 돌린 채 앉아 있었다. 순간 그는 자신이 그들을 사랑하고 있음을 느꼈다. 그들은 왕의 근위시동이었다. 자유를 주고 시동이라는 멋진 직무를 가르치기 위해 어느 노예상인에게 샀던 아프리카 출신의 델리브랑스, 발랑탱, 라 쿠론, 존, 비앵 에메. 크리스토프는 아이티 독립 초기에 활약한 군사지도자들의 아프리카식 비결에는 냉담한 태도를 취하면서 자신의 궁정에 온통 유럽적인 분위기를 부여하려고 애썼다. 하지만 지금 그는 자신의 공작, 남작, 장군과 각료 들에게 배신당해 혼자가 되었고, 여전히 충성심을 지닌 사람은 오직 그 아프리카 사내 다섯, 즉 콩고족, 풀라족 또는 만딩고족 소년 다섯뿐이었으며, 계단의 차가운 대리석에 충직한 개처럼 엉덩이를 붙인 채 앉아 대기하고 있는 소년들은 이제 포문에는 강요할 수 없는 '왕의 최후 수단'이 되었다. 크리스토프는 시동들을 오랫동안 응시했다. 그가 그들에게 다정한 표정을 지어 보이자 그들은 서글픈 존경심을 표하며 응답했고, 그는 왕의 방으로 건너갔다.

그가 자신의 문장으로 장식한 캐노피 앞에 멈춰 섰다. 왕관을 쓴 사자 두 마리가 방패를 떠받치고, 방패에는 관을 쓴 불사조 문장이 그려져 있으며, 불사조 아래에 나는 나의 재에서 다시 태어난다라고 제명이 쓰여 있었다. 신은 나의 대의이자 나의 검이다라는 글귀가 적힌 깃발이 주름 잡힌 천처럼 펄럭이고 있었다. 앙리 크리스토프는 벨벳술 장식으로 덮인 묵직한 궤를 열었다. 자기 이름의 머리글자가 새겨진 은화 한 줌을 꺼냈다. 그런 다음 다양한 두께의 순금 왕관 여러 개를 하나하나 바닥으로 내던졌다. 왕관 하나가 계단으로 굴러떨어져 문에 부딪치자 소음이 궁 전체를 채웠다. 왕은 왕좌에 앉아 어느 가지촛대에서 녹아내리는 노란색 초들을 바라보다가, 정부선언문 서두에 쓰인 글을 별 생각

없이 낭송했다. "앙리는, 신의 은총과 국가의 헌법에 따라 아이티의 왕이자 토르투가섬, 고나브섬, 그리고 그 외 인접 지역의 군주이며, 폭정의 파괴자고, 이 나라 아이티의 갱생자이자 후원자고, 도덕률, 정치, 전쟁의 창시자이며, 신세계의 첫번째 대관戴冠 군주이고, 신앙의 수호자고, 왕의 명령과 생앙리 왕실 및 군대 훈장의 제정자로서, 현재와 미래의 모든 이에게 인사를……" 크리스토프는 갑자기 저기 저 구름 위에 건설된 자신의 성채 시타델 라 페리에르를 떠올렸다.

그런데 그 순간 북소리가 밤을 가득 채웠다. 라다 의식의 북소리, 콩고 의식의 북소리, 부크만의 북소리, 대협정의 북소리, 부두의 모든 북소리가 서로를 부르고, 산에서 산으로 서로 응답하고, 해변에서 위로 올라가고, 동굴을 나와 나무 밑을 통과해 협곡과 하상을 통해 아래로 내려갔다. 넓은 범위를 둥그렇게 에워싸듯 들려오는 북소리는 포위망을 좁히면서 상수시 위로 나아가고 있었다. 점점 가까이 에워싸는 천둥 같은 북소리. 태풍 같은 북소리였고, 그 순간에는 포고자도 홀을 받든 이도 없는 왕좌가 바로 태풍의 눈이었다. 왕은 자기 방으로 돌아와 창가로 다가갔다. 그의 농원, 그의 농가, 그의 사탕수수밭은 이미 불에 타기 시작했다. 이제 북 앞쪽으로 불이 번지면서 집과 집을, 밭과 밭을 뛰어넘어다녔다. 화염이 곡식 창고로 번졌고 검붉은 깜부기불이 건초를 쌓아놓은 헛간으로 튀었다. 북풍이 불자 옥수수밭의 불붙은 까끄라기가 공중으로 치솟아 점점 더 가까이 밀려왔다. 궁의 테라스 위로 뜨거운 재가 내려앉았다.

앙리 크리스토프는 다시 시타델 라 페리에르를 생각했다. 왕의 최후 수단. 하지만 세상에 하나밖에 없는 그 성채는 남자 한 명에게는 너무

광대했고, 군주는 언젠가 자신이 홀로 남게 되리라는 생각을 해본 적이 없었다. 두꺼운 벽이 마신 황소의 피는 백인의 무기에 대항하는 확실한 방책이었다. 하지만 그 피는 결코 흑인을 향하지 않았고, 지금 아주 가까운 곳에 있던 흑인들은 퍼져가는 불길 앞에서 자신들이 피의 희생을 바친 권능에게 비명을 지르며 호소하고 있었다. 개혁가 크리스토프는 채찍으로써 가톨릭교도 영주들의 카스트를 만들어 부두교를 배척하고자 했다. 이제 왕은 그날 밤 자신의 대의에 반한 진짜 배신자는 그의 열쇠를 가지고 있던 성 베드로, 성 프란시스코회의 카푸친 수사들, 검은 얼굴에 파란 망토를 두른 성모와 함께한 흑인 성 베네딕토, 누가 자신에게 충성을 맹세할 때마다 책에 입을 맞추게 했던 복음사가들, 그리고 금화 열세 개가 들어 있는 초를 밝히도록 자신이 명령했던 모든 순교자였다는 사실을 깨달았다. 왕은 자신에게 등을 돌린 성화들, 적에게 넘어가버린 표장標章들로 가득찬 예배당의 하얀 원형 천장에 분노 어린 시선을 던진 뒤 깨끗한 옷과 향수를 가져오게 했다. 공주들을 방에서 내보낸 뒤 가장 좋은 예복을 입었다. 자신의 즉위를 상징하는 두 가지 색으로 된 넓은 띠를 몸에 비스듬히 두르고는 예장검의 자루에 묶었다. 북소리가 아주 가까이 들려왔는데, 그곳, 궁 마당의 난간 뒤 거대한 돌계단 발치에서 치는 것 같았다. 그 순간 궁의 거울, 전신 거울, 크리스털 액자, 크리스털 컵, 크리스털 램프, 창유리, 자개 콘솔에 불이 붙었다. 불길이 사방에 번져 있었기 때문에, 어떤 것이 진짜 불이고 어떤 것이 거울에 반사된 불인지 알 수 없었다. 상수시의 모든 거울이 일시에 불타고 있었다. 밤 속으로 파고드는 냉혹한 불길 아래 건물 전체가 사라져버렸고, 각각의 벽은 이글거리는 모닥불을 담은 수조가 되었다.

이제 북소리가 너무 가까이 왔기 때문에 권총이 발사되는 소리는 거의 들리지 않았다. 크리스토프는 권총을 떨어뜨린 뒤 손으로 구멍 뚫린 관자놀이를 만졌다. 그렇게 그의 몸은 한 발짝을 떼려다 정지해버린 것처럼 그 자리에 잠시 서 있다가, 모든 훈장과 함께 고꾸라졌다. 시동들이 방문턱에 모습을 드러냈다. 왕은 자신의 피 위에 엎어진 채 죽어갔다.

7
유일한 문

아프리카 출신 시동들이 마체테로 다듬은 나뭇가지를 어깨에 엉성하니 걸어 메고 산 쪽으로 난 뒷문을 통해 부리나케 뛰어나왔는데, 나뭇가지에 걸린 해먹의 해진 그물코 틈새로 군주가 신은 부츠의 박차가 튀어나와 있었다. 그들 뒤로는 덜 거추장스러운 시녀용 샌들을 신은 아테나이스 공주와 아메티스트 공주, 그리고 길에서 돌부리에 차여 뒤축이 망가진 신발을 던져버린 왕비가 어둠 속에서 뒤를 돌아보면서 불꽃나무 뿌리에 걸려가며 따라왔다. 과거에 폴린 보나파르트의 안마사였다가 왕의 시종이 된 솔리만이 총을 어깨에서 가슴으로 비스듬하게 메고 날이 넓고 끝이 뭉툭한 마체테를 든 채 후방을 경계하며 따라왔다. 그들이 나무가 무성한 산꼭대기의 밤 속으로 들어가는 내내 저 아래의 불길이 점점 기세등등해지고 더 빽빽해지는 듯 보였지만, 이제 화재는

궁 마당 경계쯤에서 멈추기 시작한 차였다. 그럼에도 불구하고 밀로 마을의 측면에 있던 마구간의 알팔파더미에는 이미 불이 붙어 있었다. 큰 아이들이 고문당할 때 지르는 비명소리 같은 말 울음소리가 아주 먼 곳에서 들려왔고, 그사이 불타는 나뭇조각들이 회오리치는 가운데 마구간의 나무벽 전체가 무너지면서 갈기가 새까맣게 변하고 꼬리가 뼈까지 타버린 말들이 미친듯이 튀어나왔다. 이내 많은 불빛이 건물 안을 돌아다니기 시작했다. 춤추는 횃불들이 부엌에서 나와 열린 창문 난간을 오르고 배수로를 따라 달려 다락방까지 갔는데, 마치 무수하게 많은 개똥벌레가 건물의 높은 층까지 점령해버린 것 같았다. 약탈이 시작되었다. 약탈이 반란 가담자들을 한동안 붙잡아놓을 것을 알고 있던 시동들이 걸음을 재촉했다. 솔리만은 개머리판을 겨드랑이에 끼운 채 총의 안전장치를 채웠다.

새벽이 가까워질 무렵 도주자들은 시타델 라 페리에르 인근에 도달했다. 비탈길의 급경사 때문에, 그리고 자신들의 포가에 도달하지 못하고 오솔길에 누웠으며 이제는 녹이 잔뜩 슬어 부서질 때까지 그곳에 영원히 놓여 있을 수많은 대포 때문에 행진은 더 힘들었다. 개폐교의 쇠사슬이 불길한 소리를 내며 바위 위로 움직이자 토르투가섬 쪽 바다가 환히 보였다. 유일한 문의 금속징을 박은 문짝이 서서히 열리기 시작했다. 그리고 앙리 크리스토프의 시체는, 흑인 시동들이 운반하던 해먹에 감싸인 그대로 부츠를 앞세운 채 자신의 에스코리알*로 들어갔다. 갈수록 무거워지는 시체가 둥근 지붕에서 떨어지는 차가운 물방울을

* 마드리드 교외에 있는 광대한 건물단지. 궁전, 수도원, 박물관 등으로 이루어져 있으며, '왕들의 판테온'에는 카를로스 1세부터 이후의 왕들이 안장되어 있다.

맞으면서 건물 내부의 계단을 타고 올라가기 시작했다. 기상나팔 소리가 성채의 각 끝에서 서로 응대하면서 새벽을 일깨웠다. 플렌 뒤 노르의 화재가 엄청나게 부풀려놓은 잿빛 구름 속으로, 온통 빨간 버섯으로 뒤덮이고 아직은 캄캄한 어둠에 파묻힌 시타델 라 페리에르가—위는 피 색깔이고 아래는 녹 색깔인 모습으로—솟아나고 있었다.

도망자들은 무기 광장에서 성채의 총독에게 자기네 엄청난 불행에 관해 얘기하고 있었다. 소식이 이내 환기통, 터널, 복도를 통해 알현실, 부속실로 내려갔다. 포대를 버리거나 초소를 돌보지 않고 망루에서 내려와 계단에서 쏟아져나오는 또다른 제복군인들에게 떠밀려 병사들이 사방에서 나타나기 시작했다. 중앙탑 마당에서 환호성이 들렸다. 간수들이 풀어준 죄수들이 감방에서 나와 도발적인 기쁨을 만면에 띤 채 왕실 사람들이 있는 곳을 향해 올라가면서 지르는 소리였다. 군중의 압박이 점점 더 드세지는 가운데 빛바랜 머릿수건을 쓴 시동들, 맨발의 왕비, 군중의 무례한 손을 소심하게 막아주는 솔리만의 보호를 받는 공주들은 아직 완공되지 않은 건물에 쓰려고 갓 만들어놓은 회반죽덩어리 쪽으로 후퇴했는데, 회반죽에는 미장이들이 방금 전에 버리고 간 쇠흙손이 그대로 꽂혀 있었다. 총독은 상황이 곤란하게 흘러간다는 걸 깨닫고서 마당을 비우라고 명령했다. 그의 목소리는 엄청난 비웃음을 샀다. 성기가 바지 밖으로 튀어나올 정도로 해진 누더기를 걸친 죄수가 왕비의 목을 향해 손가락을 뻗었다.

"백인들의 나라에서는 우두머리가 죽으면 부인의 머리를 잘라버린다며."

총독은 삼십여 년 전 프랑스혁명에 참여한 이상주의자들이 만들어놓은 그런 전례를 부하들이 기억한다는 사실을 깨닫고는 다 틀렸다고 생각했다. 하지만 바로 그 순간 위병 한 중대가 비탈길을 따라 도망치며 내려가는 소리가 한순간에 판세를 바꾸었다. 남자들은 시타델 라 페리에르의 대문에 먼저 도달하려고 계단과 터널에서 서로 몸을 밀치고 짓밟으면서 내달렸다. 뛰고 미끄러지고 넘어지고 구르면서 산의 오솔길로 뛰어들어서는 상수시에 최대한 빨리 도착하려고 지름길을 찾아다녔다. 앙리 크리스토프의 군대는 완전히 붕괴되고 있었다. 처음으로 텅 비어버린 그 거대한 건물은 왕의 묘지에서 느껴지는 슬프고 엄숙한 분위기를 띠었고, 모든 방은 깊은 침묵에 잠겼다.

총독이 국왕폐하의 얼굴을 살펴보려고 해먹을 살짝 벌렸다. 그는 왕의 새끼손가락 하나를 칼로 잘라 왕비에게 건넸고 왕비는 받아 품에 넣었는데, 손가락이 배 쪽으로 내려가버리자 차가운 벌레가 꿈틀거리며 내려가는 듯한 느낌이 들었다. 그러고 나서 시동들이 총독의 명령에 따라 왕의 시체를 회반죽더미에 올려놓자, 드러누운 시체는 끈적끈적한 손들이 끌어당기듯이 천천히 회반죽 속으로 가라앉기 시작했다. 시종들이 아직 온기가 남아 있던 시체를 들어 산으로 운반한지라 시체는 살짝 구부러진 상태였다. 그런 이유로 시체의 배와 사타구니가 먼저 회반죽 속으로 사라졌다. 팔과 부츠는 그 혼합물의 흔들리는 회색 표면에 여전히 엉거주춤 떠 있었다. 그러다가 귀에서 귀로 연결되어 머리를 덮은 이각모자의 틀이 지탱하는 얼굴만 남게 되었다. 총독은 회반죽이 왕의 머리를 온전히 집어삼키지 않은 채로 굳어버릴까봐 걱정되어 머리를 더 빨리 가라앉게 하려고 병자의 체온을 재듯이 이마를 눌렀다. 마침내 회반죽이 앙리 크리스토프의 눈 위를 덮었고, 이제 그는 자신을 누르는 힘이 점점 약해지는 그 축축한 물질의 내부로 천천히 하강하는 여행을 계속하게 되었다.

마침내 시체는 자기를 압박하는 돌과 일체가 되어 고정되었다. 앙리 크리스토프는 죽음을 결정한 뒤에, 자신의 몸이 성채를 만들 때 사용하는 물질과 뒤섞이고 그 안에 갇혀서 버트레스*로 둘러싸인 건물 속에서 썩으리라는 사실을 몰랐을 것이다. 르 보네 드 레베크 산 전체가 아이티 초대 왕의 영묘로 바뀌었다.

---

* 건축물을 외부에서 지탱하는 장치.

IV

나는 이 광경들을 보고
두려움을 느꼈으나, 나중에
이들 다른 광경을 보고
훨씬 더 큰 두려움을 느꼈소.

—칼데론 데 라 바르카*

* 에스파냐 황금세기 4대 극작가 중 한 명. 인용된 구절은 「죽음에 대한 관점들」의 제사다.

1
상像들의 밤

마드무아젤 아테나이스는 팔찌와 자잘한 장신구를 짤랑거리며 최근에 산 피아노의 건반을 누르고 있었고, 여동생 아메티스트는 톡 쏘는 목소리로 로시니의 〈탄크레디〉에 나오는 아리아를 부르면서 느릿한 포르타멘토*로 곡을 풍요롭게 만들었다. 하얀 가운을 입고 아이티 여자처럼 수건으로 머리를 동여맨 마리 루이즈 왕비는 피사의 카푸친회 수도원에 보낼 식탁보에 수를 놓으면서, 실몽당이를 굴려대는 고양이에게 화를 냈다. 공주들은 빅토르 왕세자**가 처형당한 그 비극적인 나날 이후, 그리고 과거 왕가에 물건을 납품하던 영국 상인들의 도움을 받아 포르토프랭스를 떠난 이후, 유럽에서 처음으로 여름다운 여름을 겪

* 한 음에서 다른 음으로 옮겨갈 때 미끄러지듯이 연주하는 기법.

** 앙리 크리스토프의 아들이자 후계자.

었다. 로마는 모든 대리석을 환히 빛나게 하고, 수도사들이 내뿜는 고약한 악취와 오르차타 장수들의 고함소리를 공중으로 들어올리는 태양 아래서, 문을 활짝 열어놓은 채 살아가고 있었다. 플렌 뒤 노르의 정월 하늘을 떠올리게 하는 구름 없는 하늘 아래서 그 도시의 종 수천 개는 유난히 굼뜨게 울렸다. 결국 더운 곳으로 되돌아온 아테나이스와 아메티스트는 땀을 흘리고 행복해하며 치마 허리띠를 헐렁하게 해놓은 채 판석이 깔린 바닥을 맨발로 걸어다니고, 거위게임* 보드에 주사위를 던지고, 레모네이드를 준비하고, 최신 소설이 꽂힌 서가를 뒤지면서 매일을 보냈는데, 새로운 양식의 표지는 자정의 공동묘지, 스코틀랜드 호수, 젊은 사냥꾼을 둘러싼 실프들, 늙은 떡갈나무의 틈새에 연애편지를 끼워넣는 아가씨들을 묘사한 동판화로 꾸며져 있었다.

솔리만 역시 그 여름의 로마에서 행복감을 느끼고 있었다. 그가 서민 거리—널어놓은 빨래 때문에 축축하고, 양배추, 쓰레기, 커피 찌꺼기로 지저분한—에 모습을 나타내면 그야말로 소동이 벌어졌다. 완전히 눈먼 거지들이 그 흑인을 더 잘 보려고 갑자기 눈을 뜨는 바람에 만돌린과 손풍금 소리가 멈춰버렸다. 다른 거지들은, 그가 바다 건너에서 온 사절이라도 되는 양 팔이 잘리고 남은 부분을 거칠게 흔들어대면서 자기 역경과 불행의 유산을 보여주었다. 아이들은 그를 발타사르 왕이라고 부르면서, 미를리톤과 주즈하프** 악단을 조직해 사방으로 그를 따라다녔다. 술집에서는 그에게 포도주 잔술을 대접했다. 그가 지나

* 주사위 두 개를 던져 목적지에 먼저 도착하는 사람이 이기는 게임.

** 미를리톤은 갈대 등으로 만드는 장난감 피리, 주즈하프는 편자처럼 생긴 금속 몸체에 현을 단 악기다.

가면 수공업자들이 가게에서 나와 토마토나 호두 한 줌을 주었다. 플라미니오 폰치오가 지은 건물 앞 또는 안토니오 라바코가 만든 문 앞*에 진짜 흑인 남자의 모습이 나타나지 않은 지도 꽤 오래됐다. 그런 연유로 솔리만은 이력을 얘기해달라는 부탁을 받곤 했는데, 그러면 그는 자신이, 사형집행대가 총을 여러 번 쏘고도 왕의 사생아 아들 하나의 숨통을 끊지 못해 결국 총검으로 찔러죽여야 했던 그날 밤 카프에서 자행된 학살에서 기적적으로 살아남은 앙리 크리스토프의 조카라며, 잔뜩 허풍을 떨며 그럴듯하게 꾸며댔다. 너무 순진해서 잘 속아넘어가는 사람들은 그의 말을 곧이들었는데, 그들에게는 그런 사건이 일어난 장소에 대해 그리 명확한 개념이 없었던 것이다. 몇몇 사람은 그곳이 마다가스카르에, 몇몇은 페르시아에, 혹 일부는 베르베르족의 나라에 있다고 생각했다. 솔리만이 땀을 흘릴 때면 얼굴색이 묻어나는지 보고 싶어 손수건으로 뺨을 닦아주려 드는 사람도 늘 있었다. 어느 날 오후, 사람들은 장난을 치려고 그를 오페라 부파**를 공연하는 비좁고 악취나는 극장으로 데려갔다. 알제리를 배경으로 이탈리아 사람들의 얘기를 다룬 오페라가 끝나자 사람들이 그를 무대로 밀어올렸다. 예기치 않게 그가 나타나자 객석에서 큰 환호성이 터졌고, 오페라 단장은 그가 원하면 언제든 무대로 초대하겠다고 했다. 더없이 행운이게도 당시 그는 보르게세궁에서 일하던 시녀와 만남을 가졌는데, 피에몬테 출신에 성품이 무척 착실한 그녀는 맵시 있는 풍류남을 좋아하지 않았다. 아주 무

* 플라미니오 폰치오와 안토니오 라바코는 모두 이탈리아 건축가다.

** 희극 오페라의 한 양식으로, 이탈리아어로 쓰인 가볍고 익살스러운 내용의 오페라를 말한다.

더운 날이면 솔리만은 늘 한 무리의 양이 노니는 집회광장의 풀밭에서 긴 낮잠을 잤다. 폐허가 된 유적들이 그 풍성한 초원에 기분좋은 그림자를 드리웠는데, 땅을 파보면 대리석으로 만든 귀, 돌로 만든 장신구 또는 녹슨 동전이 발견되는 것은 드문 일도 아니었다. 길거리 매춘부가 어느 신학생과 거래하기 위해 가끔 선택하는 곳이기도 했다. 하지만 그곳을 특히 자주 찾은 이들은 학구적인 사람들—초록색 우산을 쓴 가톨릭 사제, 손이 섬세한 영국인—이었는데, 그들은 늘 부서진 기둥 앞에서 반쯤 소멸된 비명碑銘을 베껴쓰면서 몹시 즐거워했다. 해가 질 무렵이면 흑인 솔리만은 보르게세궁 식당 계단을 통해 안으로 들어가서 피에몬테 출신 시녀와 함께 레드와인병의 코르크 마개를 땄다. 게다가 주인 없는 저택은 총체적인 무질서가 지배하고 있었다. 출입구 등은 파리똥이 묻어 더러웠고, 제복을 입은 하인들은 모두 지저분했으며, 마부들은 늘 술에 취해 있고, 마차는 광택을 잃었고, 서재에는 거미집이 너무 많아 목덜미나 가슴에 그 혐오스러운 줄이 닿는 것을 피하려다보니 몇 년 전부터는 그 누구도 감히 서재에 들어가지 않았다. 만약 왕자의 조카인 젊은 사제가 위층 어느 방에서 살지 않았더라면, 하인들은 2층 방에 자리를 잡고 예전에 추기경들이 사용하던 침대에서 잠을 잤을 것이다.

어느 날 밤 늦은 시각에 솔리만과 피에몬테 여자가 주방에 단둘이 있었을 때, 만취한 흑인은 하인 거처 너머를 탐사하고 싶어졌다. 두 사람은 긴 복도를 따라 걷다 달빛을 받아 파르스름해 보이는 대리석 조각이 있는 아주 넓은 마당으로 나왔다. 두 줄로 늘어선 기둥들이 마당의 테두리 역할을 하고 있었는데, 저택 외벽의 중간쯤에 기둥머리의 윤곽이 투사되어 있었다. 피에몬테 여자는 길을 걸으면서 등불을 들어올렸다 내렸다 하며 솔리만에게 측면의 어느 회랑에 세워진 상像들의 세계를 보여주었다. 비록 예의상 가려야 할 부위에는 반드시 상상의 미풍이 실어오는 베일이 거의 항상 씌워져 있긴 했지만, 상은 모두 벌거벗은 여체였다. 그 밖에 동물도 많이 있었는데, 조각상 가운데 일부가 팔로 백조를 안거나, 황소의 목을 감싸안거나, 수렵견 사이를 뛰어다니거나, 아마도 악마와 관련된 것 같은 염소 발굽이 달리고 뿔이 두 개인 남자들을 피해다니고 있었기 때문이다. 온통 하얗고 차가운 부동不動의 세계였지만 조각상들의 그림자는 등불빛을 받으며 생명을 얻어 점점 커지고 있었는데, 마치 모든 조각상이 어둠에 휩싸인 눈으로 보지 않고 보면서 한밤의 방문자 주위를 돌고 있는 것 같았다. 솔리만은, 곁눈으로 무시무시한 것들을 보게 되는 주정꾼 특유의 재능을 발휘해, 조각상 하나가 팔 하나를 살짝 내린 것을 자신이 눈치챘다고 믿었다. 약간 불안해진 그는 피에몬테 여자를 위층으로 통하는 계단 쪽으로 잡아끌었다. 이번에는 그림들이 벽에서 나와 생명을 얻은 것처럼 보였다. 이내, 미소를 머금은 청년이 커튼을 들어올렸고, 어린 포도덩굴을 관처럼 쓴 소년이 입술에 소리나지 않는 갈대피리를 갖다대거나 검지로 입을 막았다. 시녀는 유화로 꽃을 그려놓은 거울이 걸린 회랑을 건넌 뒤에 도발적인 태도로 비좁은 호두나무문을 열고 등불을 내렸다.

그 작은방 끝에 조각상 하나가 있었다. 완전히 벌거벗은 여자가 침상에 상체를 기대고 앉아 있는 상이었는데, 사과 하나를 내미는 것처럼 보였다. 솔리만은 포도주에 취한 상태에서 생각을 가다듬으려고 애쓰면서 불안정한 발걸음으로 조각상에게 다가갔다. 놀라움이 취기를 살짝 가라앉혔다. 그는 조각상의 얼굴을 알고 있었다. 그리고 몸도 알고 있었으며, 몸 전체가 그에게 뭔가를 상기시켰다. 그는 조바심을 내며, 촉각에 후각과 시각을 담아 그 대리석상을 만졌다. 상의 가슴을 어루만졌다. 손바닥을 배에 대고 원을 그리듯 어루만지다가 배꼽 부분에 새끼손가락을 갖다댔다. 상을 뒤집으려는 듯 척추 부분의 부드럽게 함몰된 부위를 쓰다듬었다. 손가락이 둔부의 둥근 곡선, 무릎 안쪽의 부드러움, 가슴의 매끈함을 찾아다녔다. 손으로 하는 그 여행은 아득한 장면들을 상기시키며 기억을 새로이 되살려주었다. 과거에 그런 접촉을 경험한 적이 있었다. 어느 날 반복해서 동그랗게 원을 그리듯 움직여서 탈골의 고통 때문에 움직이지 못하던 이 발목의 통증을 완화시킨 적이 있었다. 둘의 재질은 달랐으나 형태는 동일했다. 그에게 토르투가 섬에서 어느 프랑스 장군이 닫힌 문 뒤에서 죽음의 고통을 겪던 공포의 밤들이 떠올랐다. 잠들게 하려고 그가 머리를 긁어주었던 여자가 떠올랐다. 그리고 갑자기 어떤 피할 수 없이 강렬한 몸의 기억이 살아나자 솔리만은 안마사의 동작을 취하기 시작하며 손으로 상체의 근육구조, 즉 힘줄의 윤곽을 따라가며 만지고, 등을 안에서 바깥쪽으로 문지르고, 가슴 근육을 엄지손가락으로 자극하고, 여기저기를 가볍게 두드렸다. 그런데 별안간 대리석의 차가움이 죽음의 집게처럼 손목까지 올라왔고 그는 비명을 지르며 동작을 멈추었다. 포도주가 머릿속에서 소용돌이쳤다. 등불빛을 받아 노랗게 물든 상은 폴린 보나파르트의 시체였다. 이제 막 굳은, 방금전에 심장박동과 시력을 빼앗긴 시체라서 생명을 되돌릴 시간이 아직 남아 있는 것만 같았다. 흑인은 가슴이 갈가리 찢긴 것처럼 광막한 보르게세궁 안에서 무시무시한 목소리로 크게,

아주 크게 소리지르기 시작했다. 솔리만이 꼭 원시인 같은 형상을 하고서, 아래층에 있는 예배당이 북통인 양 뒷굽으로 바닥을 너무 세게 쳐대는 바람에 공포에 휩싸인 피에몬트 여자는 계단을 타고 아래로 도망쳐버렸고, 솔리만은 이제 카노바의 〈비너스〉*와 서로 얼굴을 마주하고 있었다.

마당에 촛불과 등불이 가득했다. 3층에서 무시무시하게 울려퍼진 목소리에 잠을 깬 시종들, 마부들이 셔츠 차림에 허리춤을 추어올리며 방에서 나온 것이다. 마차문의 노커 소리가 메아리처럼 울려퍼지면서 야경꾼들에게 문이 열렸고, 그들은 깜짝 놀란 이웃 사람 여럿을 뒤세운 채 줄지어 들어왔다. 흑인은 거울에 비치는 불빛을 보고 재빨리 뒤를 돌아보았다. 거울에 비치는 불빛, 마당의 하얀 대리석상들 사이에 운집한 사람들, 이각모자의 명확한 실루엣, 윤곽선이 빛으로 이루어진 제복, 칼집에서 빼어든 검의 차가운 곡선이 그에게 앙리 크리스토프가 죽던 날 밤에 느낀 전율을 순식간에 상기시켰다. 솔리만은 창문을 의자로 깨뜨린 다음 길로 뛰어내렸다. 그리고 아침 첫 기도를 하던 사람들은 열에 들며 바들바들 몸을 떠는—폰티네 습지의 말라리아에 걸려 있었기 때문에—흑인을 보고는 그에게 산토도밍고로 돌아가는 길이 열리기를 파파 렉바에게 기원했다. 그의 손에는 고통스러운 느낌이 악몽처럼 남아 있었다. 그는, 묘지의 주인들과 그 누구보다 잘 통하기 때문에 농민들이 두려워하면서도 숭배하는 그곳의 몇몇 영매처럼, 자신이 어느 무덤의 묘석 위에서 최면 상태에 빠진 것 같다고 느꼈다. 마리 루이

---

* 신고전주의 양식을 대표하는 이탈리아 조각가 카노바는 폴린 보나파르트의 상을 조각해달라는 의뢰를 받고 〈승리의 비너스〉를 만들었다.

즈 왕비가, 카프에서 런던으로 떠나는 길에 부아예 대통령*에게 특별선물로 받은 쓴 약초를 달인 물로 그를 진정시키려 했지만 전혀 소용 없었다. 솔리만은 한기를 느꼈다. 예기치 못한 안개에 로마의 대리석이 축축하게 젖었다. 여름은 시간이 갈수록 짙어지는 안개에 휩싸였다. 공주들은 시종의 기력을 회복시킬 방법을 찾다가 세인트헬레나에서 나폴레옹의 주치의였던 앙토마르시**를 찾으라고 사람을 보냈는데, 어떤 사람들은 그가 재능이 매우 뛰어난 의사이며 특히 동종요법의 전문가라고 생각했다. 하지만 그가 처방한 알약들은 결코 약상자에서 나오지 못했다. 솔리만은 모두를 등지고서 노란 꽃이 그려진 초록색 종이로 치장된 벽을 향해 훌쩍거리면서, 저 멀리 떨어진 다호메이의 어느 그늘진 교차로에서, 가지고 다니는 목발 위에 빨간 성기를 받쳐놓던 어느 신***을 찾으려 애썼다.

파파 렉바, 로우브리 비리에-아 포우 모인, 아고 예,
파파 렉바, 오우브리 바리에-아 포우 모인, 포우 모인 파세.

* 아이티혁명의 지도자 중 한 사람. 앙리 크리스토프가 죽은 뒤 아이티를 통합했다.
** 코르시카 출신의 의사로, 나폴레옹의 주치의였다가 이후 산티아고 데 쿠바로 가서 의사로 활동했다.
*** 렉바는 성기가 매우 커서 쉴 때는 목발에 걸쳐놓는 모습으로 그려진다.

2
왕궁

티 노엘은 상수시궁을 약탈하기 시작한 사람들 가운데 하나였다. 그 덕에 폐허가 된 르노르망 드 메지의 옛 저택에는 아주 기묘한 방식으로 가구가 비치되었다. 폐허가 된 집은 대들보나 마룻대를 앉힐 버팀대 두 개가 없었기 때문에 지붕이라고 할 만한 것도 없는 상태였지만, 노인이 쏟아진 돌조각들을 마체테로 치우자 주춧돌 조각, 창문틀 하나, 계단 디딤돌 세 개, 그리고 노르망디식 옛 식당의 벽돌이 붙어 있는 장식용 기둥머리를 그대로 보여주는 벽 일부가 드러났다. 플렌 뒤 노르가 진자시계, 의자, 휘장, 가지촛대, 기도대, 등잔, 세면기를 머리에 인 남녀와 아이들로 가득차던 날 밤, 티 노엘은 상수시에 여러 번 갔다. 그렇게 그는 침실 역할을 하는 밀짚 깐 벽난로 앞에 불게임* 테이블을 두고, 빛바랜 금색 바탕에 흐릿한 사람 형상이 잔뜩 그려진 코로만델**

병풍을 가리개로 삼았다. 런던 왕립과학협회가 빅토르 왕자에게 선물한 개복치 박제가 잡초와 나무뿌리 때문에 파손된 어느 층 끄트머리 판석들 위에 놓여 있고, 그 옆에는 오르골과 마개가 있는 두꺼운 초록색 유리병이 있었는데, 병 속에는 무지개색 거품이 가득 담겨 있었다. 그리고 양치기 소녀 옷을 입은 인형, 태피스트리 천을 씌운 쿠션 달린 안락의자, 대백과사전*** 세 권도 가져왔고, 그는 늘 사전을 깔고 앉아 사탕수수를 먹었다.

하지만 노인을 가장 행복하게 만든 일은 커프스에 연어색 레이스가 달린 앙리 크리스토프의 초록색 비단 연미복 한 벌을 얻은 것이었는데, 그는 늘 그 옷을 입고, 이각모자처럼 납작하게 눌러 접은 뒤 리본 장식 대신 빨간색 꽃 한 송이를 붙인 밀짚모자를 써서 왕의 위엄을 돋보이게 했다. 오후에는 노천에 비치된 가구 사이에서 눈을 떴다 감았다 하는 인형을 가지고 놀거나 해가 뜰 때부터 질 때까지 독일의 렌틀러****를 반복하는 오르골의 태엽을 감았다. 최근 티 노엘은 끊임없이 말을 했다. 길 한가운데서 팔을 벌린 채 말을 했다. 모래가 깔린 개울에서 가슴을 드러낸 채 무릎을 꿇고 빨래하는 여자들에게 말을 했고, 둥그렇게 원을 지어 춤추는 아이들에게 말을 했다. 하지만, 무엇보다도 자

---

* 룰렛 게임의 일종.

** 남인도 동부의 해안. 17세기부터 중국과 무역이 활발히 이루어진 곳이라, 당시 '코로만델'이라는 이름은 중국 상품을 가리키는 말로 사용되기도 했다.

*** 프랑스의 계몽주의 사상가 디드로와 달랑베르가 편찬한 백과사전. 이들은 신학적이고 권위적 지식과 해석에 반기를 들고, 합리적이고 이성적인 체계에 따라 지식을 배치하고 결합하려고 했다.

**** 18세기 말경 독일 남부 및 오스트리아에서 유행한 춤곡.

주 자신의 테이블 뒤에 앉아 구아버나무 가지를 홀처럼 움켜쥔 채 말을 했다. 언제였는지 정확히는 기억나지 않지만, 아주 여러 해 전에 외팔이 마캉달이 해준 이야기들에 대한 희미한 기억이 그의 뇌리에 떠올랐다. 그 당시 그는 자신이 완수해야 할 임무가 있다고 확신하기 시작하던 차였지만, 물론 그 임무가 무엇인지 알려주는 어떤 암시도 징후도 없었다. 어찌되었든, 그 임무는 뭔가 위대한 것, 이 세상에서 아주 오랜 세월 살아가고 있으며, 기억에서 사라진 자식들, 즉 바다 이쪽과 저쪽에서 자기 자식들만을 걱정하는 자식들을 잊은 사람만이 얻을 수 있는 권리에 상응하는 무엇이었다. 더욱이, 대단한 국면에 접어들 것이 분명했다. 그가 오솔길에 나타나는 것을 보면 여자들은 존경의 표시로, 어느 일요일에 예수를 환영하려 종려나무 가지를 흔들었듯 밝은색 천을 그에게 흔들었다. 그가 어느 오두막 앞을 지나갈 때면 노파들이 앉으라고 청하고는 화이트럼을 담은 작은 표주박이나 방금 만 싸구려 엽궐련 하나를 건넸다. 북소리가 나는 곳으로 간 티 노엘은 앙골라왕의 영에 씌어 각종 예언과 약속으로 가득찬 긴 연설을 했다. 그러자 그의 땅에 각종 짐승떼가 태어났다. 그러니까 그의 폐허에서 노니는 새로운 짐승들은 의심할 바 없이 그의 신하들이 바친 것이었다. 티 노엘은 연미복을 열어젖히고 밀짚모자를 푹 눌러쓴 채 자신의 안락의자에 앉아 옷 밖으로 드러난 배를 천천히 긁으면서 바람에게 명령했다. 하지만 그것은 온화한 칙령이었는데, 그 어떤 백인의 폭정도 흑인의 폭정도 그의 자유를 위협하지 못할 것처럼 보였기 때문이다. 노인은 벽의 잔해 사이 빈 공간을 아름다운 물건으로 채우고는 지나가는 행인 아무나 각료로 임명하고, 잡초를 베는 사람 아무나 장군으로 임명하고, 남작 작위를 하사하고, 화관을 선물하고, 소녀들에게 축복을 내리고, 자신이 받은 봉사에 대한 보상으로 꽃을 주었다. 그렇게 해서 돼지풀아재비 기사단, 아기날도 기사단, 히비스커스 기사단, 야래향 기사단이 탄생했다. 모든 기사단 가운데 가장 신경쓴 것은 해바라기 기사단이었는데, 가장 화려했기 때문이다. 알현실로 사용되던 곳의 판석 깔린 바닥 반쪽이 춤을 추기에 아주 좋았기 때문에 그의 궁은 대나무 피리, 차차*, 케틀드럼을 가져오는 농부들로 늘 가득찼다. 두 갈래로 갈라진 나뭇가지에 불붙은 장작이 설치되었고, 초록색 연미복을 입고서 그 어느 때보다 으스대는 티 노엘이 자유를 찾아 도망친 노예들의 교회 대표인 사바나 지역 신부와 베르티에르 전투**에서 로샹보를 격퇴한 전사들 가운데 하나인 노병 사이에 앉아 파티를 주도하고 있었는데, 노병이 성대한 의식 때 입으려고 보관해두었던 전투복은 집으로 들이치는 비를 잔뜩 맞아 파란색은 바래고 빨간색은 딸기색이 되었다.

* 아프리카에서 유래한 악기. 호리병박을 말린 다음 속을 파내 말린 씨앗 등을 넣고, 조개껍질이나 구슬을 꿴 실을 그물처럼 만들어 호리병박을 감싸 만든다.

** 아이티혁명의 지도자 데살린의 부대는 1803년 카프 프랑수아 근처의 베르티에르 요새에서 로샹보 장군의 프랑스군을 격퇴했다.

3
측량사들

그런데, 어느 날 아침 측량사들이 나타났다. 누구든 곤충처럼 일하는 측량사의 존재가 왜 놀라움을 불러일으키는지 이해하려면 그들이 한창 작업하는 모습을 봐야 했다. 구름에 휩싸인 언덕들을 넘어 저 먼 포르토프랭스에서 플렌 뒤 노르로 내려온 측량사들은 말수가 적고, 피부가 하얗고, 아주 평범한 옷을 입었는데—이 점은 인정해야 한다— 땅바닥에 긴 띠를 늘어놓고, 말뚝을 박고, 납으로 만든 각종 추와 봉을 운반하고, 망원경으로 뭔가를 바라보는 등 무슨 작업을 하든 매번 각종 측량막대와 삼각자를 이용했다. 그 수상한 사람들이 자신의 영토에서 왔다갔다하는 것을 본 티 노엘은 그들에게 힘찬 목소리로 말을 걸었다. 하지만 측량사들은 그를 거들떠보지도 않았다. 그들은 모든 것을 재고, 자기 회색 책에 목수가 사용하는 굵은 연필로 사물에 관해 기입하면서 여기저기를 거만하게 돌아다녔다. 노인은 그들이 프랑스어, 즉 므시외 르노르망 드 메지가 산티아고 데 쿠바에서 카드 도박을 하면서 노인의 몸을 판돈으로 걸었다가 잃은 그때 이후로는 잊어버린 그 언어로 말하고 있다는 사실을 알고서 분개했다. 티 노엘은 그들을 개새끼라고 부르면서 꺼지라고 위협하고 소리를 고래고래 질렀다가 오히려 어느 측량사에게 목덜미를 잡히고 배를 자로 세게 맞은 뒤 망원경의 시계 밖으로 쫓겨났다. 벽난로 침실에 몸을 숨긴 노인은 코로만델 병풍 뒤에서 고개를 내민 채 큰 소리로 저주를 퍼부어댔다. 하지만 그다음날, 뭔가 먹을거리를 찾아 플렌 뒤 노르 지역을 돌아다니던 그는 사방에 측량사들이 있고, 셔츠의 목 단추를 풀고는 비단 허리띠를 두르고 군화를 신은 물라토 몇 명이 말을 탄 채 흑인 죄수 수백 명이 수행하는 대대적인 땅 갈기 작업과 경지구획 작업을 지시하는 것을 목격했다. 여자들이 울고불고하는 사이로 수많은 농부가 산으로 피하려고 당나귀를 타고 암탉과 돼지를 운반해가면서 자기 오두막을 떠나고 있었다. 티 노엘은 농사가 의무사항이 되었고 지금은 채찍이 플렌 뒤 노르의 새로운 주인인 공화파 물라토들의 손에 들려 있다는 사실을 어느 도망자에게 들어 알게 되었다.

마캉달은 의무노역에서 비롯되는 이런 문제는 예견하지 못했다. 자메이카 출신의 부크만도 마찬가지였다. 소메루엘로스 후작에게 목이 잘린 호세 안토니오 아폰테* 또한 물라토들이 그렇게 될 것이라고 예상할 수는 없었을 텐데, 티 노엘은 쿠바에서 노예 생활을 하던 때부터 호

* 쿠바의 노예 해방 운동가. 자유인이 된 후 반란을 준비하다, 1812년에 아바나의 총독이었던 소메루엘로스 후작에게 체포되어 처형당했다.

세의 반란에 관한 이야기를 들어 알고 있었다. 앙리 크리스토프조차도 산토도밍고의 그 땅이 이제 옛 아시엔다와 특권, 지위를 손에 넣은 얼치기 귀족, 그 콰르테론 계급의 구미를 끌게 되리라고는 상상도 못했을 것이다. 노인은 시타델 라 페리에르를 향해 흐릿한 눈을 들어올렸다. 하지만 이제 그의 시선은 그렇게 먼 곳에는 도달하지 않았다. 앙리 크리스토프의 말語은 돌이 되어 더는 우리 사이에 살아 있지 않았다. 그 경이로운 인물은 저기 로마에, 화승총 물*이 가득찬 수정 플라스크에 떠 있는 손가락 하나로만 남았다. 그리고 마리 루이즈 왕비는 그 선례를 더 잘 따르고자, 두 딸을 칼스배드 온천에 데려갔고, 그 뒤에 피사의 카푸친회 수사들이 자기 오른발을 알코올에 넣어 자신의 자비로운 관대함 덕분에 건설된 어느 예배당에 보관하게끔 해달라는 유언을 준비해두었다. 나름대로 많은 생각을 해보았건만, 티 노엘은 누군가의 가죽 채찍 아래 다시 허리가 굽은 자기 신하들을 도울 방법을 찾아내지 못했다. 노인은 그렇게 끝없이 재생되는 속박, 다시 움트는 속박의 싹, 그 불행의 증식 앞에서 절망하기 시작했고, 가장 체념해버린 사람들은 결국 그런 것을 반란의 총체적인 무용성에 대한 증거로 수용하고 말았다. 티 노엘은 나이가 많은 자신더러 밭고랑에서 일하라고 할까봐 두려웠다. 그래서인지 마캉달에 대한 것이 기억에 되살아났다. 인간의 옷은 늘 엄청난 재난을 가져오기 때문에, 잠시 그 옷을 벗어버리고 남의 주목을 덜 끄는 모습으로 플렌 뒤 노르에서 일어나는 사건들을 주시하는 편이 더 나았다. 일단 그렇게 결정하자 티 노엘은 사람이 동물로 변신

* 치료 효과가 있는 이파리를 알코올에 담아 숙성시킨 물. 16세기경 주로 화승총에 부상당한 병사들의 상처를 치료하는 데 쓰였다.

하는 권능을 가지게 됐을 때 변신하는 것이 얼마나 쉬운지 알고서 깜짝 놀랐다. 그 증거로 그는 어느 나무에 기어올라 새가 되고자 했고 즉시 새가 되었다. 그는 높이 솟은 어느 가지에서 카이미토*의 상처난 과육에 부리를 박은 채 측량사들을 바라보았다. 다음날 그는 종마가 되고 싶어했고 그렇게 되었다. 하지만 어느 물라토가 부엌칼로 그를 거세하려고 밧줄 올가미를 던지는 바람에 황급히 도망쳐야 했다. 장수말벌로 변신한 그는 벌집의 단순한 기하학에 곧 싫증이 났다. 생각을 잘못한 탓에 개미로 변신했다가 그는 르노르망 드 메지의 농장 십장들, 앙리 크리스토프의 근위대원들, 현재의 물라토들을 진저리날 만큼이나 상기시키는 큰머리개미 몇 마리의 감시를 받으면서, 끝나지 않는 길로 거대한 짐을 날라야 하는 의무를 지게 되었다. 가끔은 어느 말의 발굽이 일개미 대열을 무너뜨리고 수백을 죽였다. 이런 일이 일어나면 큰머리개미들은 다시 대오를 정렬하고 다시 땅에 길을 그렸으며, 바삐 오가는 동일한 일을 하며 모두가 예전처럼 따랐다. 티 노엘만이 변신해 있을 뿐이라 자신을 개미종의 일부라고 생각할 수 없었기에 혼자 자신의 테이블 밑으로 도피했고, 그날 밤 거기서 젖은 골풀 냄새와 비슷한 짚 냄새를 들판으로 피워올리며 끊임없이 내리는 이슬비를 피했다.

---

* 반으로 가르면 안쪽에 별 모양의 무늬가 있는 열대과일.

4
하느님의 어린 양

구름이 낮게 내려앉은, 더울 것 같은 날이었다. 하늘에서 티 노엘의 땅 위로 엄청나게 큰 소리가 내려온 것은 거미집이 막 밤이슬을 털어내기 시작하던 때였다. 거위들은 길을 달리고 돌부리에 걸려 넘어지기를 반복하면서 상수시궁의 오래된 사육장에서 티 노엘의 땅에 도착했는데, 흑인들이 거위 고기를 좋아하지 않은 덕에 약탈에서 살아남아 그 시기 내내 산골짜기에서 자유롭게 살았다. 노인은 과거에 므시외 르노르망 드 메지가 거위를 가축화하려고 시도했을 때 거위의 서식 행태를 관찰한 적이 있어 거위의 지능과 쾌활함에 관해 알고 있는 소수의 사람이었기 때문에, 거위의 방문을 반가워하며 호들갑스럽게 맞이했다. 거위는 더운 기후에 알맞게 만들어지지 않았기 때문에 암컷은 알을 이년마다 다섯 개씩만 낳았다. 거위의 그런 생태 때문에 일련의 의례가 생겨났고 그 의식은 대대로 전수되었다. 물이 얕은 어느 개울가에서 모든 씨족이 참석한 가운데 암수 거위의 이른 결혼식이 열렸다. 어린 수컷이 평생을 함께할 부인과 합쳐졌는데, 수컷은 뱅글뱅글 돌고, 발을 구르고, 목을 쭉 빼서 아라베스크 자세*를 취하면서 춤을 추고 의식을 거행하며 부르는 환희의 합창으로 부인을 감쌌다. 그러고 나서 씨족 전체가 둥지를 만들기 시작했다. 포란기에는 신부가 수컷들의 보호를 받는데, 그들은 둥그런 눈을 날개 밑에 파묻고 있으면서도 밤새 경계태세를 유지했다. 어떤 위험이 노란 솜털이 나고 동작이 둔한 새끼 거위들을 위협하기라도 하면 최연장자 수컷 거위가 부리와 가슴으로 공격을 선도했기 때문에, 새끼 거위들은 그 어떤 마스티프, 기병, 마차 앞에서도 동요하지 않았다. 거위는 질서, 원칙, 조직을 갖춘 동물이라, 그들의 존재방식은 동종의 개인을 타인에게 종속시키는 것과는 완전히 거리가 멀었다. 우두머리 거위에게 부여된 권위의 원칙은, 왕이나 옛 아프리카의회의 추장과 동일한 방식을 따르는 것으로, 오직 씨족 내의 질서를 유지하는 것이 그 목적이었다. 늑대로 변하는 위험한 변신에 지친 티 노엘은 자신의 영토에 정착한 거위들과 함께 살기 위해 거위로 변하는 비범한 권능을 행사했다.

하지만 티 노엘이 그 씨족 안에 한자리를 차지하고자 했을 때, 거위들은 그와 거리를 유지하려고 톱니 모양 부리와 고개를 앞으로 쭉 내밀며 적대적인 반응을 보였다. 그가 어느 풀밭 언저리에 자리를 잡자, 냉랭한 암컷 거위들 주위에 하얀 털로 이루어진 벽 하나가 생겨났다.

* 발레에서 한쪽 다리로 서서 다른 쪽 다리를 뒤로 직각으로 뻗친 자세.

그때 티 노엘은 자신의 등장이 지나치게 관심을 끌지 않도록, 다른 사람들이 했던 말을 확인해보기 위해 신중해지려고 애썼다. 그가 받은 것은 경멸뿐이었고, 그는 날개를 움츠렸다. 암컷들에게 뿌리가 아주 부드러운 물냉이가 숨어 있는 곳을 가르쳐주었건만 아무 소용이 없었다. 암컷들은 불쾌감을 드러내며 회색 꼬리를 씰룩였고, 노란 눈으로 불신을 담아 교만하게 그를 쳐다보았으며, 머리 다른 쪽에 있는 눈으로도 그렇게 했다. 그 씨족은 다른 계급의 모든 개인에게는 굳건히 닫혀 있는 어느 귀족적인 공동체의 모습을 보여주었다. 상수시의 대왕 거위는 돈돈의 대왕 거위와 그 어떤 관계도 맺으려 하지 않을 것이다. 서로 얼굴을 마주했더라면 전쟁이 일어났을 게 분명하다. 그래서 티 노엘은, 비록 자신이 여러 해 동안 애쓴다 할지라도, 그 씨족의 직분과 의례에 결코 참여하지 못하리라는 사실을 이내 깨달았다. 그로 인해, 그는 모든 거위가 동등하다고 믿기 위해 거위가 될 필요까지는 없었다는 점을 명확하게 이해했다. 티 노엘이 알고 있던 그 어떤 거위도 그의 결혼식날 노래를 부르거나 춤추지 않았다. 살아 있는 거위 가운데 그 누구도 그가 거위로 태어나는 모습을 보지 못했다. 그는 자신의 족보를 4대조까지 파악할 수 있는 거위들 앞에서, 자신의 거위 혈통을 증명할 만한 것 하나 없이 자신을 소개한 것이다. 한마디로 말해 그는 이방인이었다.

티 노엘은 거위들이 보이는 반감은 자신의 비겁함에 대한 징벌일 것이라고 막연히 이해했다. 마캉달이 몇 년 동안 동물로 변신했던 것은 인간 세상을 버리기 위해서가 아니라 인간에게 봉사하기 위해서였다. 바로 그때 노인은 인간의 조건을 회복하면서 의식이 극도로 명료해지는 순간을 맞이했다. 심장이 한 번 뛰는 동안 그는 자기 삶에서 가장 좋은 순간을 살았다. 아득한 아프리카 선조들의 힘과 풍요로움을 보여줌으로써 그가 미래에 생겨날 수 있는 것들을 믿도록 해준 영웅들을 다시 본 것이다. 노인은 자신이 무수한 세기를 살았다는 느낌을 받았다. 돌을 잔뜩 짊어진 지구가 느끼는 우주적인 피로가 수많은 구타, 땀, 반란으로 말라버린 그의 어깨를 짓누르고 있었다. 티 노엘은 비록 유산을 다 써버려 최후에는 빈곤에 이르긴 했으나, 자신이 받은 것과 동일한 유산을 남겼다. 참으로 많은 것을 겪은 육신이었다. 이제야 그는, 인간은 자신이 누구를 위해 고통을 받고 희망을 품는지 결코 모른다는 사실을 이해했다. 인간은 자신이 전혀 모르는 사람들을 위해 고통받고 희망을 품은 채 일하며, 그 모르는 사람들 역시 행복하지 않을 다른 사람들을 위해 고통받고 희망을 품은 채 일을 할 것인데, 그들이 행복하지 않은 이유는 자신에게 부여된 행복 저 너머에 있는 행복을 늘 열망하기 때문이다. 하지만 인간의 위대함은 분명 현재의 것을 개선하고자 하는 데 있다. 스스로에게 여러 과제를 부과하는 데 있다. 하늘의 왕국에는 쟁취해야 할 만큼 위대한 것이 없는데, 그곳에는 모든 것의 위계가 정해져 있고, 알 수 없는 것이 없고, 존재가 무한하고, 희생이 불가능하고, 휴식과 기쁨이 있기 때문이다. 그런 이유로, 온갖 고생과 의무로 힘들어하고 불행을 겪으면서도 아름다움을 유지하고, 재앙을 겪으면서도 사랑할 수 있는 인간만이 이 세상의 왕국에서 자신의 위대함, 최상의 길을 발견할 수 있는 것이다.

티 노엘은 자신의 테이블 위로 올라가 못이 박인 발로 덧판을 짓밟았다. 카프 방향 하늘은 산과 바다의 소라고둥들이 노래하던 그 밤처럼, 불길에서 피어난 연기로 검게 변해 있었다. 노인은 새로운 주인들에게 선전포고를 하고, 권력을 얻은 물라토들의 무례한 작업 현장을 공격하라는 명령을 신하들에게 내렸다. 그 순간 대양에서 일어난 거대한 초록색 바람이 플렌 뒤 노르 위로 휘몰아쳐 돈돈의 계곡에 엄청난 포효를 퍼뜨렸다. 르 보네 드 레베크 산 높은 곳에서 목 잘린 황소들이 울부짖는 사이, 옛 아시엔다의 마지막 폐허가 무너지면서 안락의자, 병풍, 대백과사전, 오르골, 인형, 개복치가 갑자기 날아다니기 시작했다. 모든 나무가 땅에서 뽑히더니 꼭대기를 남쪽으로 향하며 쓰러졌다. 그리고 비로 변한 바다가 밤새 여러 산의 측면에 소금 자국을 남겼다.

그 시각부터, 아마도 날개를 편 채 태양을 기다리던, 모든 죽음을 유용하게 쓰던 젖은 독수리를 제외하고는, 그 누구도 티 노엘이나 소맷부리에 연어색 레이스가 달린 그의 초록색 연미복에 관해 더이상 알지 못했다. 독수리는 마침내 십자형으로 펼쳤던 날개를 접고 하강해 부아 카이만의 무성한 수풀에 처박혔다.

카라카스, 1948년 3월 16일

라틴아메리카의 경이로운 현실과 아이티혁명의 문학화

라틴아메리카 문학사에 기록된 특정 작가의 개별 작품이 한국에 제대로 번역되지 않았는데도, 워낙 중요한 작가다보니 그 작가와 작품 세계가 진지한 연구자·비평가에 의해 심심찮게 연구·소개되는 경우가 있다. 바로 쿠바의 소설가이자 에세이스트, 음악학자, 문화예술 비평가·기획자로 알려진 알레호 카르펜티에르가 그렇다. 남긴 작품은 많지 않지만, 꿈, 신화, 주술, 종교 등 모든 차원의 상상력을 동원해 쿠바문학이 성숙해지는 데 크게 기여했을 뿐만 아니라 독특한 문체로 라틴아메리카문학을 혁신한 장인 가운데 하나로 평가받는 소위 '문제적 작가'이기 때문이다. 카르펜티에르의 근본적인 관심사와 작품의 주요 테마는 늘 인간, 역사, 아메리카의 정체성인데, 특히 그의 바로크 스타일의 글쓰기와 그가 설파한 '경이로운 현실lo real maravilloso'에 관한 이론은 그의 문학의 특성을 도드라지게 하고 위상을 높이는 요소로서, 라틴아메리카문학의 '마술적 사실주의'와 더불어 전 세계의 작가, 문학연구자, 독자의 관심을 끈다. 이로 인해 그는 아르헨티나 환상문학의 대가 호르헤 루이스 보르헤스, 칠레의 노벨문학상 수상 시인 파블로 네루다와 더불어 20세기 라틴아메리카 현대문학의 토대를 일구고, 라틴아메리카 문학을 세계에 알린 '붐Boom 소설'에 지대한 영향을 미친 작가로 평가받는다.

바로크적 작가 알레호 카르펜티에르의 삶과 문학

알레호 카르펜티에르의 세계관과 문학 세계를 이해하려면 그의 삶을 간략하게 살펴볼 필요가 있다. 그의 출생에 관한 정보에는 몇 가지 불일치가 존재한다. 작가 자신은 아바나에서 태어났다고 주장했지만 실제로는 스위스의 로잔에서 태어나 프랑스계 건축가인 아버지, 교사이자 피아니스트인 러시아계 어머니를 따라 유년 시절에 쿠바로 이주해 아바나에서 자랐다는 주장이 그가 사망한 뒤에 제기되었고 현재까지 정설로 인정받고 있다. 유년 시절을 아바나에서 보낸 뒤 가족과 함께 파리로 이주해 중등교육을 받고, 아바나로 돌아와 1921년에 아바나대학교에 입학해 건축학과 음악 이론을 공부하는데, 이는 그가 유럽에서 태어났음에도 쿠바 작가로서의 정체성을 분명하게 유지하는 계기가 된다.

1924년에는 헤라르도 마차도의 독재에 항거해 학생운동에 참여하며 동인지 〈포스터〉와 〈전진〉의 편집인으로 활동하고, 1927년에는 독재자에 반대하는 선언문에 서명했다가 사회주의자라는 혐의를 받고 투옥된 동안 장편소설 『에쿠에-얌바-오』를 집필하기 시작한다. 출옥한 뒤 그에게 출국금지 조치가 내려졌지만 프랑스의 초현실주의자인 데스노스의 도움을 받아 파리로 도피해 1928년부터 1939년까지 머문다. 그 시기에 그는 '아프리카-쿠바 운동'과 관계를 맺고, 여러 편의 시도 쓴다. 파리에서는 앙드레 브르통 같은 초현실주의 예술가들과 교유하고, 1931년에는 〈자석〉이라는 에스파냐어 잡지를 주관한다.

1933년에는 과거 감옥에서 집필한 『에쿠에-얌바-오』를 마드리드에서 출간한다. 제목은 아프리카 나니고 부족의 언어로 '하느님, 찬미받으소서'라는 의미다. 다큐멘터리 형식을 지닌 이 소설은 시골에 사는 흑인 청년이 수도 아바나에서 겪는 이야기를 그리는데, 이는 당시 흑인들의 삶과 믿음 체계를 잘 반영하고 있다. 1937년에는 쿠바의 시인, 저널리스트, 정치행동가인 니콜라스 기옌 등과 함께 마드리드에서 반파시스트 작가동맹에 참여하고, 에스파냐의 페데리코 가르시아 로르카, 라파엘 알베르티, 페드로 살리나스 같은 작가와 교분을 맺는다. 1939년에 쿠바로 돌아온 그는 잠시 교육부 산하 라디오 방송국에서 일하고, 여러 문학지의 편집과 출간에 관여한다. 1941년에는 당시 스물여덟이던 릴리아 에스테반과 결혼하는데, 릴리아는 카르펜티에르의 아내, 동지, 조력자로서, 그리고 문화운동가로서 뛰어난 능력을 발휘한다.

1945년에 카르펜티에르는 베네수엘라로 출국해 카라카스에서 라디오 방송을 진행한다. 1946년에는 자신의 음악적 재능과 식견, 관심을 십분 반영한 에세이집 『쿠바의 음악』을 릴리아에게 헌정하는데, 그후에 발간된 책에는 거의 "릴리아에게"라는 헌사가 실린다. 쿠바에서 향유되는 음악에 관해 체계적으로 기술한 최초의 책 『쿠바의 음악』에서 저자는 쿠바의 주요 음악 운동들을 추적한다. 이 책은 에스파냐 사람들의 도래 이후 20세기 중반에 이르기까지 쿠바 음악에 영향을 미친 다양한 음악 스타일, 작곡가에 관해 소개하고 인종과 문화의 혼합, 쿠바의 정체성, 그리고 독립과 무역 같은 정치·경제적 사건 등에 관해서도 언급한다.

1949년에는 대표작 『이 세상의 왕국』을 출간함으로써 세계적인 작가의 반열에 오른다. 카르펜티에르는 1943년에 이웃 섬나라 아이티를 여행하면서 18세기 말 아프리카 출신 흑인 노예들이 일으킨 혁명과 그들의 왕이었던 앙리 크리스토프의 이야기에 대해 흥미를 느끼는데, 이는 소설 『이 세상의 왕국』의 창작 동기로 작용한다. 당시 아이티를 지배하던 프랑스인들의 퇴폐적 삶과 이상, 흑인 노예들의 저항정신, 자유를 향한 희망, 부두교 신앙 등이 씨실과 날실을 이루며 '경이로운 현실'에서 또다른 '경이로운 현실'을 만들어낸 것이다. 이 작품의 시간적 배경이 프랑스혁명 전후에 상응하는 아이티의 혁명기이고 주제가 아이티의 구체적인 역사로 설정되어 있지만, 일반적인 의미의 역사소설은 아니다.

1953년에 출간한 『잃어버린 발자취』는 프랑스 출신 탐험가였던 작가의 증조부가 1840년에 프랑스령 기아나에서 오리노코강 상류까지 탐험하면서 겪은 일화와 알레호 카르펜티에르 자신이 베네수엘라에 체류하는 동안 경험한 여행에 기반해 쓴 소설이다. 이 년쯤 머물 계획이었으나 베네수엘라의 매력에 감동해 십사 년을 거주하며 곳곳을 다

냈고, 특히 오리노코강을 따라 밀림을 여행한 경험이 소설의 창작 동인이 되었다. '탐색'이라는 주제를 다루는 이 소설은 문명사회의 현실에 찌든 한 음악가가 문명과는 다른 유토피아를 건설할 곳을 찾아 밀림으로 도피했다가 다시 문명세계로 돌아올 수밖에 없었던 과정, 다시 말해 주인공-화자의 내면적인 이탈과 복귀의 과정을 그린다.

음악에 대한 카르펜티에르의 해박한 지식은 여러 소설에 잘 드러나 있다. 1956년에 발간된 『추적』도 마찬가지인데, 소설 속 사건들은 베토벤의 〈교향곡 제3번 '영웅'〉의 연주 시간과 동일한 46분 동안 전개된다. 자신이 일생을 바친 투쟁이 하찮은 것에 불과하다는 사실을 깨달은 젊은 혁명가가 옛 동지들에게 추적당하는 이야기를 다룬 이 소설에는 아무런 의미 없는 혁명에 대한 회의주의적 평가와 더불어 인간 존재의 모순성에 대한 작가의 냉소적이지 않은, 깊은 사색이 담겨 있다. 억압과 폭력이 난무하는 1950년대 쿠바의 분위기를 충실하게 반영한 작품으로 평가받는다.

1958년에는 단편소설 「씨앗으로 돌아가는 여행」 「밤을 닮을 것」 「산티아고 가는 길」을 한데 묶은 단편소설집 『시간의 전쟁』을 출간한다.

1959년에 쿠바혁명이 성공하자 카르펜티에르는 '조국'으로 돌아오고 1960년에는 카스트로 혁명정부의 문화부차관으로 활동한다. 억압과 독재를 증오하고, 아프리카-쿠바 문화에 대한 친화력을 지닌 그가 '열대성 혁명'에 참여해 활력 있는 '문화 쿠바'를 건설하는 데 일조한 것은 어쩌면 자연스러운 일이기도 할 것이다.

1962년에는 『계몽의 세기』를 출간하는데, 이 작품 역시 산문과 음악의 평행적 구조로 이루어져 있어 '카리브의 위대한 바로크 교향곡'으로

도 불린다. 카르펜티에르는, 에스파냐가 아메리카를 정복한 이후 유럽의 바로크 문화가 원주민의 바로크 문화와 혼합되어 라틴아메리카 특유의 새로운 양식을 창출해왔기 때문에, 라틴아메리카의 바로크적 요소는 라틴아메리카의 현실과 글쓰기의 특성이라고 파악한다. 바로크적 요소가 라틴아메리카 문화에서 두드러지게 나타나는 이유는 라틴아메리카의 문화적 특성이라고 할 수 있는 '공생'과 '혼혈'이라는 성격, 다시 말해 혼합문화 때문이다. 『계몽의 세기』는 카리브의 자연미와 풍요로움에 대한 경이감, 혁명의 폭력성, 유럽 문명과 아메리카적 원시성의 대조 등 모든 주제가 바로크적인 문체에 녹아든 야심작이다. 카르펜티에르가 역사적 사실에 기반해 놀라운 상상력의 나래를 펼쳐놓은 이 작품 역시 '탐색의 구조'를 지니는데, 『이 세상의 왕국』처럼 프랑스혁명과 '계몽의 세기'를 배경으로 하고 있어 프랑스혁명을 열정이 넘치는 라틴아메리카 대륙으로 옮겨놓은 듯하다. 이 소설은 1992년에 쿠바의 영화감독 움베르토 솔라스에 의해 영화로 재탄생한다.

혁명 이후, 카르펜티에르는 카스트로의 지도 노선과 사회주의 이념에 따라 적극적으로 혁명사업에 참여하면서 국가위원회 부위원장과 국립출판사 사장을 역임하고, 1966년에는 프랑스 주재 쿠바대사관의 문화담당 공사참사관으로 근무한다.

1974년에는 『바로크 콘서트』와 『방법 청원』을 출간한다. 『바로크 콘서트』는 제목만으로도 작품 속에서 음악이 차지하는 비중이 어느 정도인지 가늠할 수 있다. 음악적 요소 위에 치밀하게 조직된 구조를 갖춘 이 작품에서는 헨델, 비발디, 멕시코 여행객과 그의 쿠바 흑인 노예가 함께 모여 환상적인 불협화음을 만들어낸다. 고전과 바로크, 유럽과 아메리카, 클래식 음악과 토속 음악이 빚어내는 혼합과 불협화음의 하모니, 즉 바로크적 콘서트인 것이다.

『방법 청원』은 데카르트의 『방법 서설』을 패러디한 것이다. '정결한' 이성보다는 맹목적인 열정과 감성이 우위를 점하는 라틴아메리카는 카르펜티에르에게 가장 비非데카르트적인 대륙이다. 여기서 다루는 역사는 소수 권력자의 지배 역사가 아니라 다수 민중의 삶을 기록한 역사라는 점에서 데카르트의 제국주의적인 논리로부터 벗어난다. 따라서 독재자는 계몽지식인으로 그려지기도 하지만 희화화되기도 한다. 이 소설은 피노체트 통치하의 '동토의 왕국 칠레'를 비밀리에 촬영해 다큐멘터리 〈칠레의 모든 기록〉을 제작한 칠레 출신 영화감독 미겔 리틴에 의해 1978년에 영화로 제작된다.

1978년에 발간된 『봄의 제전』은 소비에트주의에서 카스트로주의로 넘어가는 과정에서 몇몇 사건과 더불어 변해가는 작가 자신의 혁명에 대한 소신을 반영한 작품이다.

1979년에 출간한 『하프와 그림자』에서는 침상에서 임종을 맞이한 콜럼버스가 자기 삶을 되돌아보는데, 이 회상이 공식적으로 기록된 역사와는 다르다는 사실을 보여줌으로써 콜럼버스라는 인물을 재평가하고 있다. 이 작품은 역사의 어두운 진실과 조우하려는 열망을 드러낸 새로운 몸짓이라고 할 수 있다.

알레호 카르펜티에르는 평생 장편소설 9권, 단편소설집 2권, 에세이 14편, 시집 1권, 증언록 1편을 썼고, 문학적 업적을 인정받아 권위 있는 문학상들을 수상한다. 특히 1977년에는 에스파냐어로 쓰인 문학 유산을 풍성하게 만들고 에스파냐와 라틴아메리카의 문학계에 기여한 공로로 에스파냐어권 최고의 문학상인 세르반테스 문학상을 받고, 거액의 상금을 쿠바 정부에 기증한다.

『이 세상의 왕국』에 형상화된 아이티혁명

『이 세상의 왕국』은 아이티의 현실, 역사, 문화, 종교, 신화에 기반한 작품이다. 카르펜티에르는 이 소설과 더불어 아이티의 전통과 역사의 기원에 대한 탐색을 시작하고, 신세계의 독립적인 의식이 무엇인지 모색한다. 그 결과 우리는 아이티의 독립과 혁명의 이야기에 대한 '마술적인' 여행을 통해 제교諸教혼합주의, 부두교, 플랜테이션 노예들의 열정과 땀이 밴 '경이로운' 이야기를 접하게 된다.

카르펜티에르는 부두교 의식에 참여한 뒤 아프리카-쿠바 문화에 지대한 관심을 갖게 된다. 더욱이 1943년에 아이티를 여행하면서 흑인 황제인 앙리 크리스토프가 지은 시타델 라 페리에르를 가보고는 충격을 받는다. 아이티에 부인할 수 없는 매력을 느낀 그는 아이티의 '경이로운 현실'을 이야기하고 싶은 유혹을 느낀다. 거기서 그는 아메리카의 신앙과 신화, 문화적 혼합, 역사적 사건은 라틴아메리카의 소설이 자신만의 독특한 형식과 내용뿐만 아니라 소설 세계 전체에서 이전에 쓰인 것과는 다른 것을 취할 수 있게 하는 필수적인 재료라는 사실을 깨달은 것이다.

1804년에 라틴아메리카 최초로 에스파냐로부터 독립한 아이티는 1492년에 콜럼버스에게 '발견'되어 최초의 식민지가 건설된 이래, 에스파냐와 프랑스의 침탈, 영국, 네덜란드 같은 나라에서 온 해적들의 노략질까지 모든 종류의 제국주의적 약탈을 겪음으로써 카리브해 지역이 가진 모든 문제를 대변할 수 있는 상징적인 국가가 된다. 또한 프랑스혁명과 나폴레옹전쟁 등으로 압축되는 18세기 후반부터 19세기 초반에 이르는 세계사의 격동기에 라틴아메리카 최초로 독립과 노예해방을 이뤄낸 혁명의 땅이기도 하다.

『이 세상의 왕국』은 프랑스혁명 전후에 일어난 아이티 흑인들의 반란, 즉 아이티혁명을 시간적·공간적 배경으로 삼기 때문에 이에 관해 간단하게 살펴볼 필요가 있다.

아이티혁명은 프랑스 식민지 생 도맹그에서 시작되었고, 그 결과 노예제가 폐지되고 아프리카 출신 사람들이 지배하는 최초의 공화국 아이티가 탄생하게 된 혁명을 일컫는다. 당시 카리브의 지주들은 플랜테이션 농장에서 생산된 설탕을 통해 큰 이익을 얻었는데, 생 도맹그는 자메이카와 더불어 최대의 설탕 생산지였다. 지주들은 설탕을 생산하기 위해 흑인 노예들을 사정없이 부렸고, 식량이나 의료 지원이 부족한 가혹한 노동환경 때문에 사망률도 높았다. 반면 흑인과 백인의 혼혈인 물라토는 백인에게 차별은 받았지만 자유민으로 취급되어 흑인에 비해서는 우대를 받았다. 이 같은 인종차별과 가혹한 노동으로 흑인 노예의 불만이 점차 고조되어 백인과의 무력 충돌이 발생한다. 그러던 중 1789년에 일어난 프랑스혁명은 생도맹그의 피식민자들에게 혁명정신을 심어준다. 물라토들은 백인과의 평등을 실현하기 위해 식민지 총독에게 투표권 등의 권리를 요구하지만 총독이 이를 거부하자 반란을 일으켰다가 진압되어 모두 잔인한 형벌에 처해진다. 백인이 물라토를 진압하는 과정을 지켜본 흑인 노예들이 아이티혁명에 불을 지핀다.

1791년 8월 22일, 아이티혁명이 발발한다. 일부 흑인 노예는 가사도우미 또는 하인으로 일하면서 크리올 계층의 엘리트 그룹을 이루기도 했는데, 아이티혁명의 지도자인 투생 루베르튀르가 이 계층에 속했다. 카프 아이시앵 근처에서 노예로 태어나 마부로 일한 투생은 쉰 가까이 노예로 살면서도, 독학으로 프랑스어를 익혀 볼테르를 비롯한 계몽주의 사상가들의 책을 읽으며 혁명의지를 불태운다. 1791년에 생 도맹그에서 노예혁명이 일어나자 그는 지도자 중 하나가 되어 프랑스군에 대항하는 사천여 명의 흑인 혁명군을 이끈다. 1793년 영국과 에스파냐가 생 도맹그에 침입하자 이를 물리치려는 프랑스를 돕는 조건으로 프랑스가 식민지에서 노예제도를 폐지하도록 한다. 1796년 4월, 투생은 프랑스 총독의 동의를 받아 식민지를 다스리기 시작하는데, 투생의 통치기에 생 도맹그는 꾸준히 성장한다. 1801년에는 생 도맹그에 자치정부를 수립하고 헌법을 제정해 노예제를 영원히 폐지하며 피부색에 관계없이 모든 사람은 평등하다고 선언한다. 그러나 나폴레옹이 식민지의 통치권을 회수하고 생 도맹그에서 노예제도를 다시 실시하려고 1802년에 처남 샤를르 르클레르를 프랑스 사령관으로 임명해 대규모 군대를 파견하자, 투생은 다른 지도자들과 함께 다시 혁명을 일으킨다. 그해 말 르클레르가 투생더러 항복하면 자유를 보장해주겠다며 평화회담을 제안하자 투생은 이에 응했다가 체포된 뒤 프랑스로 압송되어 1803년 4월 7일에 옥사한다.

르클레르가 생 도맹그를 탈환한 뒤 나폴레옹이 생 도맹그의 노예제도를 부활시키려 하자 투생의 뒤를 이은 장자크 데살린과 알렉상드르 페시옹이 반기를 든다. 프랑스군은 우수한 무기로 무장하지만, 르클레르가 황열병으로 사망하고 난 뒤 후임 지휘관이 혁명군을 잔인하게 진압해 왕당파 일부가 반란군에 투항하고, 영국의 해상 봉쇄로 프랑스가 지원군을 보내기 어려워지면서 패배하게 된다. 혁명군은 1803년에 베르티에르 전투에서 승리한 뒤 독립을 선언하고 1804년에 아이티공화국을 세운다. 데살린은 나폴레옹의 정책과 행위를 답습하다가 1805년 동지였던 공화파에게 암살당한다. 그후 아이티는 정치적 혼란에 빠져 물라토의 지지를 받는 페시옹의 세력과 흑인의 지지를 받는 앙리 크리스토프의 세력으로 나뉘어 싸우다가 1820년에 통합된다.

1834년, 프랑스는 아이티의 독립을 인정하지만 그 대가로 아이티 노예주들에 대한 거액의 배상금을 요구한다. 아이티는 독립을 인정받기 위해, 그리고 경제적 봉쇄를 풀기 위해 배상금을 지불할 수밖에 없었고, 이것이 백 년 동안 아이티 경제의 발목을 잡는다.

아이티의 혁명은 다른 국가의 노예해방에도 영향을 미친다. 많은 국가의 노예들이 아이티혁명에서 영감을 받아 혁명을 시도하고, 영국은 1807년에 노예무역을, 1834년에 노예제를 폐지한다. 하지만 흑인의 대부분이 농민이고 물라토가 사회적 자본과 토지를 독점하는 식민지의 계층구조는 변하지 않았다는 한계도 있다. 아이티 독립 후에도 이들의 갈등은 지속되어 두 파벌로 나뉘어 싸움을 지속한 것이다.

『이 세상의 왕국』은 아이티 투쟁의 역사와 관련된 실존 인물들의 활동을 중심으로 전개된다. 1750년대 부두교 사제인 마캉달을 중심으로 일어난 흑인 노예들의 반란으로 시작해 1791년에 발생한 부크만의 반란, 1804년의 독립 이후 앙리 크리스토프와 과두 지배계층인 물라토의 수탈에 저항하는 민중의 운동으로 이어진다.

당시 부두교는 아이티에 거주하는 아프리카 출신 흑인 노예의 공동체의식과 정체감 형성에 크게 기여한다. 부두신앙은 노예들에게 언젠가는 고통스러운 현실에서 벗어나 아프리카적인 영성의 세계를 되찾을 수 있으리라는 믿음을 줌으로써 소설에서 혁명적인 역할을 하고 혁명의 일부를 이룬다. 그런 희망과 열망을 상징하는 최초의 신화적 인물이 바로 아프리카 태생의 탈주 노예 마캉달이다. 마캉달은 사탕수수 압착기에 팔이 끼는 사고로 한쪽 팔을 절단한 뒤 농장에서 가축을 돌보는 일을 맡다가 산으로 달아나 북부 지방의 노예들을 규합해 백인 지주들을 약탈하고 살상한다. 아이티의 작가 드페스트르는 마캉달을 단신으로 산을 누비며 농장의 우물에 독을 풀고 사탕수수밭에 불을 지르는 용맹한 모습으로 묘사한다. 마캉달의 가장 큰 무기는 산천의 초목으로 만든 독약과 부두교 사제로서 구현하는 신비한 능력이다. 그는 카리스마적인 게릴라 지도자가 되어 탈주 노예들과 농장에 남아 있는 노예들 사이의 네트워크를 형성해 산발적으로 농장을 공격하고 노예를 해방시키고 농장주를 살해한다. 마캉달의 유격활동 때문에 산토 도밍고에서 백인이 퇴출될 지경에 처하자 프랑스 당국은 1758년에 마캉달을 붙잡아 나무기둥에 묶고 카프 아이시앵 광장에서 산 채로 불태워 죽인다. 화형을 당한 그는 새(또는 파리)가 되어 영생하게 되었다는 전설이 전해진다. 마캉달은 자유를 위한 투쟁과 저항의 표상으로 아이티 민중의 마음에 강렬한 흔적을 남겼고, 지금도 부두교 부적에 등장하는 수호정령 가운데 하나다. 그의 활동 범위와 명성은 생 도맹그에서 수십 년 동안 계속된 근거 없는 공포와 폭력의 악순환을 작동시키는 데 기여한다.

생 도맹그의 흑인 노예들이 일제히 반란을 일으킨 데는 자메이카의 비밀결사 회원으로 탈주 노예이자 부두교 사제인 부크만의 카리스마가 큰 역할을 한다. 그는 1791년 8월 14일, 아이티 북부 카프 프랑수아 근처의 부아 카이만에서 부두교 의식을 치르면서 곧 있을 아이티 흑인 노예의 반란과 해방을 선포한다. 불행히도 그는 반란이 시작된 지 삼 개월 만에 프랑스인에게 체포되어 참수당하지만, 그가 뿌린 반란의 씨는 식민지 전역으로 확대되어 많은 백인 식민지 개척자가 희생되고, 결국 세계 최초로 성공한 흑인 노예 반란 및 독립이라는 꽃을 피우게 된다. 일부 지지자들은 그를 마캉달의 화신으로 여긴다.

영국령 서인도제도 그레나다의 프랑스인 소유 농장에서 흑인 노예의 아들로 태어난(세인트 키츠 출생이라는 설도 있다) 앙리 크리스토프는 부모와 함께 노예로 생 도맹그에 온다. 식당에서 조리사로 일하다 자유를 얻었다고 알려진 그는 1802년에 장군으로 승진하고, 1806년에는 황제가 된 장자크 데살린에 대한 쿠데타에 참가해 북 아이티를 지배하게 된다. 주 라이벌이자 쿠데타 주모자인 페시옹은 공화제를 옹호하며 남부를 지배한다. 1807년에 앙리는 '아이티 육해군 대원수'가 되었고, 동시에 페시옹은 남부에서 아이티 대통령이 된다. 같은 해 데살린이 반란군에게 붙잡혀 살해된다. 1811년에 앙리는 북 아이티를 아이티왕국으로 개칭하고 스스로를 왕으로 선언한 뒤, 4월 1일에 발표한 칙령을 통해 완전한 황제의 칭호를 얻는다. 앙리는 프랑스의 침공을 두려워해서 여섯 개의 성채를 건설하고 여덟 개의 궁을 건설했는데, 이들

가운데 규모나 건축학적인 면에서 가장 뛰어난 것이 바로 시타델 라 페리에르다. 하지만 앙리는 독재적인 군주로 미움을 샀고, 남부와도 만성적인 분쟁을 겪는다. 그의 통치 말기에 국민들은 봉건적인 정책과 국가의 개발 정책에 치열하게 반대한다. 결국 질병으로 허약해진 그는 쿠데타를 두려워하게 되고, 53세에 권총으로 자살해 시타델 라 페리에르에 묻힌다.

실제 역사에 기반하고 있는 『이 세상의 왕국』은 네 개의 역사적 시기로 나뉘어 전개된다. 첫번째는 마캉달이 프랑스인들에게 반란을 일으키는 1790년 이후의 십 년간, 두번째는 프랑스혁명 초기부터 1802년까지, 세번째는 1820년 앙리 크리스토프의 쇠망, 네번째는 앙리 크리스토프가 죽기까지의 기간이다. 하지만 이야기는 구체적인 역사적 사실에 얽매이지 않고 자유롭게 펼쳐진다. 아이티혁명의 주역인 투생 루베르튀르의 집권과 쇠망은 전혀 언급하지 않은 채 실존 인물 마캉달과 허구적 인물 티 노엘이 소설의 중심축을 이루는 강력한 자유정신의 민중선동자로 등장한다. 앞에서 언급했다시피 흑인 노예 마캉달은 프랑스 백인 농장주의 압제를 피해 산으로 도망쳤다가 어느 주술사로부터 자연산 독극물에 대한 지식을 전수받고는 백인을 몰살하려는 전쟁을 계획하고, 프랑스인의 가족과 그들의 가축에게 독을 퍼뜨리는데, 여기서 마캉달의 주술은 자신의 목적을 성취하기 위한, 즉 흑인들을 위한 왕국, 더 나은 세상을 만들기 위한 무기가 된다. 그는 곧 체포되어 화형을 당하지만, 아프리카 출신 노예들은 그가 부활해 부두교의 신화적인 인물이 된다고 믿는다. 이는 흑인 노예들의 신화에서 비롯된 것인데, 작가는 이 이야기를 통해 당시에 잊힌 역사뿐 아니라 흑인들의 사고방식과 행동양식, 당시의 사회구조까지 복원시킨다. 프랑스인 지주들과 흑인 노예들은 세상을 보는 눈도, 역사에 대한 해석과 믿음도 각기 달랐다. 지주들에게는 흑인 노예들의 변신술과 구원 의지, 새로운 생명으로 잉태되는 죽음에 대한 믿음이 한낱 미신일 뿐이었지만, 흑인들에게는 자신들의 정체성과 저항정신을 유지하고 계승하는 것이었다. 소설의 제2부에서는 자유를 쟁취하기 위한 전쟁이 자메이카 출신 부크만의 지휘하에 다시 전개된다. 제3부에서는 집요한 유럽 제국주의의 상징으로서 폴린 보나파르트와 마드무아젤 플로리도르가 끓어오르는 자유정신에 맞서는 세력을 담당한다. 당시 아이티를 통치하던 흑인 황제 앙리 크리스토프는 나폴레옹의 전성기를 카리브 지역에서 재현하기 위해 강제 노역으로 절대권력의 상징인 거대한 성채를 건설하지만, 결국 자살하며 성채 역시 함락된다. 원주민 독재자인 그의 집권과 패망은 상수시에 있는 성채를 짓는 데 강제 동원되어 노역을 한 티 노엘의 경험을 통해 간접적으로 그려진다. 제4부에서 노쇠한 티 노엘은 과거 노예생활을 하던 지역에서 안락한 삶을 살고자 하지만, 새로운 공화국의 권력을 손에 쥔 물라토들이 다시 노예제도를 부활시켜 그의 희망을 가로막는다. 그는 물라토 신흥귀족의 노예로 다시 일하게 된다. 그후 티 노엘은 '동물 왕국'의 일원이 되겠다고 결심하고 실행에 옮기지만 결국 다시 인간의 조건을 회복하게 되는데, 유럽의 새로운 체제가 신대륙에 그대로 이식될 경우 문제점이 드러나면서 결국 자생적인 체제가 외부에서 이식된 체제에 승리한다는 역사적인 해석과 재구성이 돋보이는 부분이다. 티 노엘의 삶이 혁명 이전이나 이후나 변함이 없다는 사실은, 프랑스 계몽주의 사상에 고무되어 성취된 라틴아메리카 독립도 라틴아메리카 현지에서 태어나 자란 크리오요나 소수의 원주민, 물라토만이 권력을 독점한다는 인적 구성만 바뀌었을 뿐 지배체제 자체의 구조적 변혁에는 한계가 있었다는 사실을 드러낸다. 콜럼버스가 카리브에 도착한 후로 수탈을 당하던 아이티의 변혁운동은 서구에서 이식된 계몽주의 사상이 아니라 흑인의 세계관에 뿌리를 두고 민중이 모든 것의 주인이 되는 진정한 의미의 해방운동으로 나아가야만 한다는 점을 말하고 있는 것이다.

라틴아메리카의 경이로운 현실

알레호 카르펜티에르는 아이티혁명을 다룬 『이 세상의 왕국』을 출간하며 즉시 세계적인 작가의 위치에 오른다. 현실과 꿈, 상상과 이성, 삶과 죽음을 서로 엮어 짜서 19세기 초 아이티에 대한 화려하고 마술적이고 비유적인 태피스트리를 만들어낸 이 소설이 문학 전문가들과 독자들의 관심을 끈 것이다.

『이 세상의 왕국』에서 카르펜티에르는 특이하게도 소설을 시작하기 전에 서문 형식의 '대단히 난해하지만 아주 멋진' 글을 덧붙여, 라틴아메리카 문학의 두드러진 특성 가운데 하나라 할 수 있는 '경이로운 현실'에 관해 설명한다. 여기서 카르펜티에르는 작가들이 자신의 주위를 둘러보면 발견할 수 있는, 라틴아메리카가 축적해오고 당시까지 세계와 심지어는 라틴아메리카 사람들 자신에게도 알려지지 않았던 경이로운 문화적 지식을 자기 것으로 만듦으로써, 라틴아메리카의 소설이 따라야 할 길을 보여주는 솜씨를 발휘한다. '경이로운 현실'에 관해 정확히 알고 싶은 독자, 『이 세상의 왕국』을 보다 총체적으로 이해하고자 하는 독자는 이 서문을 반드시 정독할 필요가 있다.

'경이로움'이란 이상한 것, 예기치 않은 것, 검증 불가능한 현상 앞에서 느끼는 놀라운 감정을 말한다. 단순히 멋지고 아름다운 것만을 의미하는 것이 아니라, 서구인들이 지닌 기존의 감각, 미적 기준으로는 낯설게 느끼거나 받아들이기 힘든 기이한 것까지 포함하는 개념이다.

알레호 카르펜티에르는 서구인이 라틴아메리카의 경이로운 세계를 총체적으로, 정확하게 이해하기란 불가능하다고 믿는다. 그는 유럽의 일부 초현실주의 예술가들이 형상화하는 경이로운 현실은 머릿속에서 나온 작위적인 것, 즉 지적 유희에 불과하다고 비판하면서 라틴아메리카는 현실 자체가 경이롭기 때문에 당연하고도 자연스럽게 경이로운 현실이 담긴 작품이 탄생할 수밖에 없다고 주장한다. 유럽에서 경이로운 것이 빈약한 상상력을 통해서 강압적으로 만들어져왔다면, 라틴아메리카에서는 모든 기억, 삶의 경험, 환경, 역사에 깃들어 있기에 자연스럽다는 것이다. 그는 서구의 초현실주의자들이 자동기술법이나 억지로 짜낸 상상력에서 나온 기괴스러움에 집착하는 것을 비판하면서, 무한할 정도로 넓고 다채로운 라틴아메리카 세계의 신비를 먼저 살피는 작업이야말로 총체적이며 올바르게 현실에 접근하는 방법이라고 주장한다. 그에게 경이로움은 작가의 조작된 몽상이 아니라 현실에 있기 때문이다.

그의 이러한 인식과 글쓰기는 라틴아메리카의 '붐 세대'인 카를로스 푸엔테스, 가브리엘 가르시아 마르케스에게 지대한 영향을 미침으로써 '마술적 사실주의'적 소설이 세계적으로 널리 알려지는 데 기여한다. 특히 가브리엘 가르시아 마르케스가 에스파냐어권 최고의 현대소설로 꼽히는 『백년의 고독』에서 구현한 '마술적 사실주의'와 비견되는 '경이로운 현실'은 라틴아메리카 대륙의 현실 자체에서 비롯된 것이다. '마술적 사실주의'와 '경이로운 현실'은 각각 '사실주의'와 '현실'이라는 명칭이 암시하듯 사회·역사적 의미가 내포된 개념이다. '경이로운 현실'과 '마술적 사실주의'는 서로 유사한 면도 있지만 차이점 또한 존재한다. '경이로운 현실'은 현실 자체가 중시되므로 아메리카 고유의 현실에 대한 '재현'에 가깝다. 라틴아메리카의 현실은 원래부터 유일하고 경이로운 것이기에 특정한 기법이나 메타포를 통해 굳이 각색하지 않는 것이다. 중요한 것은 아메리카 고유의 현실에 대한 믿음에 있다. 여기서 출발한 '마술적 사실주의'는 현실의 '시적詩的 변형'을 통해 진정하고 심오한 제2의 현실을 포착하려는 사회역사적·문학적 메타포라 할 수 있다. '사실적인 것의 비사실화'나 '초자연적인 것의 자연화' 같은 서사기법과 신화적 요소가 특징이다. 하지만 마술적 사실주의가 상업적인 이유로 세상에 훨씬 더 많이 알려진 탓에 '경이로운 현실'은 '마술적 사실주의'와 동일한 행운을 누리지 못했다.

이렇듯, 알레호 카르펜티에르는 자신이 특이한 사건들을 이야기할 수 있다고 스스로 확신하고 허용했는데, 그 이유는 그런 사건들이 비록 감수성이 뛰어난 몇 사람의 눈에만 보인다 할지라도, 실제로 일어난 일이기 때문이다. 라틴아메리카는 믿음이 사건 자체처럼 핍진성을 획득하는 대륙이므로, 라틴아메리카 사람들의 믿음은 그럴 만한 상황이 주어지면 실제 행위처럼 사실적인 것이 된다. 환상적인 것이 아니라 특이한 것, 경이로운 것이 라틴아메리카의 집단의식에 자리하고 있는 것이다. 좋든 나쁘든 불가사의한 것이 라틴아메리카의 현실에 새겨져 있기에 아르헨티나의 훌리오 코르타사르의 놀랄 만한 우화들도, 콜롬비아의 가르시아 마르케스의 도저히 상상할 수 없는 장면들도 그리 놀랍지 않다. 이들 우화와 장면은 서구의 소설에서는 진실성이 없어 보일 테지만 라틴아메리카의 작품에서는 너무나 자연스럽다.

경이로움은 현실에 있다. 라틴아메리카 작가들에게는 현실 자체가 경이로움이다. 따라서 라틴아메리카 문학은 경이로운 현실의 반영이다. 가브리엘 가르시아 마르케스의 표현을 패러디하자면, 라틴아메리카의 현실이 가장 훌륭한 작가다. 그렇기 때문에 현실이 문학보다 더 환상적이고 경이로울 수 있을지도 모른다.

라틴아메리카의 현실이 가장 훌륭한 작가

『이 세상의 왕국』의 문학적 가치와 더불어 알레호 카르펜티에르가 문학을 통해 보여준 라틴아메리카의 문화에 관한 헌신과 이해는 이 소설이 비평계에 널리 수용되고 학술적 정전이 될 수 있게 만들었다. 이 소설은 흑인 노예들의 반란을 비롯한 아이티의 역사와 문화가, 다시 말해 라틴아메리카의 경이로운 현실이 유럽-쿠바의 문화적 정체성을 지닌 뛰어난 작가에 의해 탁월하게 형상화되어 있을 뿐만 아니라 경이로움과 공포가 공존하는 아이티에 대한 서정적인 묘사와 절묘하게 어우러지는 노예들의 심리묘사가 대단히 뛰어나다는 점에서 라틴아메리카

문학의 새로운 성취라 할 수 있다. 이 이야기는 시간성을 초월함으로써 세상의 모든 곳에 있는 독자들을 계속해서 끌어들인다. 독자는 권력의 아이러니가 악순환을 거듭하는 그 고리 속에서 알레호 카르펜티에르의 손을 잡은 채 인간이 자신의 왕국이라고 생각하는 '이 세상의 왕국'을 여행하게 된다.

쓰다 보니 사뭇 학술적인 냄새를 풍기는 글이 되고 말았다. 옮긴이가 라틴아메리카 문학을 연구하고 가르치는 일을 병행하는 사람이기 때문일 것이다. 또한, 이 소설에는 당시의 흑인 노예들이 자신들의 문화적 정체성을 유지하면서 삶의 고뇌를 잠시 잊고 희망의 끈을 놓지 않기 위해 부르던 주문이자 노래가 크레올로 실려 있다. 이들 주문의 의미를 정확하게 파악할 수 없어 부득불 번역하지 않은 채 음역만 제공한다. 여기에는 아이티의 부두교와 아프리카 문화를 아이티 사람들만큼 깊이 있게 이해하지 못하는 옮긴이로서 이들 주문에 담긴 심원한 신화적 맥락, 신앙, 철학, 문화, 전통을 섣불리 훼손하지 않겠다는 의도와 한국의 독자들이 주문의 발음을 접해보면서 색다른 체험을 할 수 있을 거라는 어쭙잖은 희망이 뒤섞여 있다.

카르펜티에르의 문학적 재능은 라틴아메리카의 '경이로운 현실'에서 이루어진 역사를 언어로 재현하는 데 있다. 그는 언어의 거인이다. 『이 세상의 왕국』을 구축하는 언어는 시적이고, 그래서 아름답고 경이롭다. 아마도 '경이로운 현실'은 이 소설의 이야기뿐아니라 사용한 언어에서도 찾아야 할지 모르겠다. 은유와 수사법으로 가득찬 언어! 비록 이 소설이 번역이라는 회로를 통해 소개되는 탓에 언어의 묘미를 제대로 음미하는 것이 어려울지라도, 소설 속의 '경이로운 현실'을 탐사하는 것은 한국 독자들에게는 아주 의미 있는, 참신한 경험이 될 것이다.

조구호

1904년 12월 26일, 스위스 로잔에서 프랑스계 건축가 호르헤 훌리안 카르펜티에르와 러시아계 교사이자 피아니스트 리나 발몬트 사이에서 출생. 그 직후 가족이 쿠바의 아바나로 이주, 그곳에서 유년 시절을 보냄.

1912년 가족이 파리로 이주.

1921년 아바나 대학 건축학과에 입학, 건축학과 음악 이론을 공부함. 잡지에 음악에 대한 칼럼을 기고하면서 저널리스트로서 적극적으로 정부를 비판함.

1922년 부모님이 이혼, 어머니와 함께 살게 되어 이듬해 생계를 위해 학업을 그만둠.

1924년 헤라르도 마차도의 독재에 항거해 학생운동에 참여하고, 〈포스터Carteles〉와 〈전진Avance〉의 편집인으로 활동함.

1927년 독재에 반대하는 선언문 서명 후 구속. 감옥에서 『에쿠에-얌바-오*Ecue-Yamba-O*』를 집필하기 시작함. 출국금지 조치가 내려짐.

1928년 초현실주의 시인 로베르 데스노스의 도움으로 프랑스 파리로 도피. 이후 파리에서 '아프리카-쿠바 운동movimiento afrocubano'과 관계를 맺고, 초현실주의 예술가들과 교유함.

1931년 에스파냐어 잡지 〈자석Imán〉 주관.

1933년 과거 감옥에서 집필한 『에쿠에-얌바-오』를 마드리드에서 출간.

1937년 시인 니콜라스 기옌 등과 함께 마드리드에서 반파시스트 작가

동맹에 참여. 페데리코 가르시아 로르카, 라파엘 알베르티, 페드로 살리나스 같은 작가들과 교유.

1939년 쿠바로 귀국. 교육부 산하 라디오 방송국에서 일하면서 여러 문학지의 편집과 출간에 관여함.

1941년 이후 평생에 걸쳐 아내이자 조력자, 동료 문화운동가로서 활약할 릴리아 에스테반과 결혼.

1943년 아이티를 여행. 이 경험은 이후 『이 세상의 왕국*El Reino de Este Mundo*』의 창작 동기가 됨.

1945년 베네수엘라로 망명차 출국, 카라카스에서 라디오 방송 진행. 이후 베네수엘라에서 십사 년을 거주하게 됨.

1946년 에세이 『쿠바의 음악*La Música en Cuba*』 출간.

1947년 베네수엘라 대평원과 오리노코강 유역 여행.

1949년 『이 세상의 왕국』 출간.

1953년 『잃어버린 발자취*Los Pasos Perdidos*』 출간.

1956년 『추적*El acoso*』 출간, 『계몽의 세기*El Siglo de Las Luces*』 집필 시작.

1958년 단편집 『시간의 전쟁*Guerra del Tiempo*』 출간.

1959년 피델 카스트로의 혁명이 성공하자 쿠바로 귀국.

1960년 카스트로 혁명정부의 문화부 차관으로 임명됨.

1962년 『계몽의 세기』 출간.

1964년 평론집 『더듬기와 차이*Tientos y Diferencias*』 출간.

1966년 파리 주재 쿠바대사관의 문화담당 공사참사관으로 근무.

1972년 아바나에 카르펜티에르의 이름을 딴 아바나 알레호 카르펜티에르 국제 프랑스 학교가 세워짐.

1974년 『바로크 콘서트*Concierto Barroco*』와 『방법 청원*El Recurso del Método*』 출간.

1977년 라틴아메리카 최초로 세르반테스상 수상, 상금을 쿠바 정부에

기증함.

1978년 『봄의 제전*La Consagración de La Primavera*』 출간. 칠레 출신 영화감독 미겔 리틴이 『방법 청원』을 영화화함.

1979년 『하프와 그림자*El Arpa y La Sombra*』 출간. 미국 예일 대학에서 강연.

1980년 4월 24일 파리에서 사망. 유골은 아바나 혁명광장에 안장됨.

1984년 단편집 『다른 이야기들*Otros Relatos*』 출간.

1992년 쿠바 영화감독 움베르토 솔라스가 『계몽의 세기』를 영화화함.

2000년 쿠바에서 알레호 카르펜티에르 상이 제정됨.

문학동네 세계문학전집 발간에 부쳐

세계문학은 국민문학 혹은 지역문학을 떠나 존재하는 문학이 아니지만 그것들의 총합도 아니다. 세계문학이라는 용어에는 그 나름의 언어와 전통을 갖고 있는 국민문학이나 지역문학의 존재를 인정하면서 그것을 넘어서는 문학의 보편적 질서에 대한 관념이 새겨져 있다. 그 용어를 처음 고안한 19세기 유럽인들은 유럽문학을 중심으로 그 질서를 구축했지만 풍부한 국민문학의 전통을 가지고 있는 현대의 문학 강국들은 나름의 방식으로 세계문학을 이해하면서 정전(正典)의 목록을 작성하고 또 수정한다.

한국에서도 세계문학 관념은 우리 사회와 문화의 변화 속에서 거듭 수정돼왔다. 어느 시기에는 제국 일본의 교양주의를 반영한 세계문학 관념이, 어느 시기에는 제3세계 민족주의에 동조한 세계문학 관념이 출현했고, 그러한 관념을 실천한 전집물이 출판됐다. 21세기 한국에 새로운 세계문학전집이 필요하다는 것은 명백하다. 우리의 지성과 감성의 기준에 부합하는 세계문학을 다시 구상할 때가 되었다.

문학동네 세계문학전집은 범세계적으로 통용되는 고전에 대한 상식을 존중하면서도 지난 반세기 동안 해외 주요 언어권에서 창작과 연구의 진전에 따라 일어난 정전의 변동을 고려하여 편성되었다. 그래서 불멸의 명작은 물론 동시대 세계의 중요한 정치·문화적 실천에 영감을 준 새로운 작품들을 두루 포함시켰다.

창립 이후 지금까지 한국문학 및 번역문학 출판에서 가장 전문적이고 생산적인 그룹을 대표해온 문학동네가 그간 축적한 문학 출판 경험을 바탕으로 새로운 세계문학전집을 펴낸다. 인류가 무지와 몽매의 어둠 속을 방황하면서도 끝내 길을 잃지 않은 것은 세계문학사의 하늘에 떠 있는 빛나는 별들이 길잡이가 되어주었기 때문이다. 우리가 자부심과 사명감 속에서 그리게 될 이 새로운 별자리가 독자들의 관심과 애정에 힘입어 우리 모두의 뿌듯한 자산이 되기를 소망한다.

문학동네 세계문학전집 편집위원

민은경, 박유하, 변현태, 송병선, 이재룡, 홍길표, 남진우, 황종연

지은이 **알레호 카르펜티에르**
1904년 스위스 로잔에서 태어나 쿠바 아바나에서 유년 시절을 보냈다. 1912년 가족이 파리로 이사했다가 쿠바로 돌아왔고, 1921년 아바나 대학에 입학해 건축학과 음악 이론을 공부했다. 저널리스트로 활동하며 적극적으로 독재정부를 비판하다 투옥되기도 했다. 1928년 프랑스로 도피해 초현실주의 예술가들과 교유했다. 1939년 쿠바로 귀국했다가 1945년 다시 베네수엘라로 도피하고, 1959년 쿠바혁명이 성공하자 돌아왔다. 투옥기간 중 쓴 『에쿠에-얌바-오』가 1933년 출간되었으며, 이후 중남미 문화를 기반으로 한 작품을 여럿 출간했다. 1978년 라틴아메리카 작가로는 최초로 세르반테스상을 수상했다. 1980년 파리에서 사망했고 유골은 아바나 혁명광장에 안치되었다. 대표작으로 『이 세상의 왕국』 『계몽의 세기』 『방법 청원』 등이 있다.

옮긴이 **조구호**
한국외국어대학교 스페인어과를 졸업, 콜롬비아의 카로 이 쿠에르보에서 문학석사 학위, 폰티피시아 우니베르시다드 하베리아나에서 문학박사 학위를 받았다. 한국외국어대학교와 경희대학교에서 박사후연구원 과정을 이수했고 한국외국어대학교에서 라틴아메리카 문학과 문화를 강의를 하고 있다. 『추락하는 모든 것들의 소음』 『해부학자』 『백년의 고독』 『이야기하기 위해 살다』 등을 옮겼으며, 중남미에 대한 책을 썼다.

세계문학전집 180
이 세상의 왕국

초판 인쇄 2019년 6월 14일
초판 발행 2019년 6월 25일

지은이 알레호 카르펜티에르 | 옮긴이 조구호 | 펴낸이 염현숙

책임편집 박신양 | 편집 이은현
디자인 김마리 최미영 | 저작권 한문숙 김지영
마케팅 정민호 정진아 함유지 김혜연 박지영 김수현 | 홍보 김희숙 김상만 이천희 오혜림
제작 강신은 김동욱 임현식 | 제작처 영신사

펴낸곳 (주)문학동네
출판등록 1993년 10월 22일 제406-2003-000045호
주소 10881 경기도 파주시 회동길 210
전자우편 editor@munhak.com | 대표전화 031)955-8888 | 팩스 031)955-8855
문의전화 031)955-8862(마케팅), 031)955-1916(편집)
문학동네카페 http://cafe.naver.com/mhdn
문학동네트위터 http://twitter.com/munhakdongne
북클럽문학동네 http://bookclubmunhak.com

ISBN 978-89-546-5585-9 04870
978-89-546-0901-2 (세트)

www.munhak.com

1, 2, 3 안나 카레니나 레프 톨스토이 | 박형규 옮김
4 판탈레온과 특별봉사대 마리오 바르가스 요사 | 송병선 옮김
5 황금 물고기 르 클레지오 | 최수철 옮김
6 템페스트 윌리엄 셰익스피어 | 이경식 옮김
7 위대한 개츠비 F. 스콧 피츠제럴드 | 김영하 옮김
8 아름다운 애너벨 리 싸늘하게 죽다 오에 겐자부로 | 박유하 옮김
9, 10 파우스트 요한 볼프강 폰 괴테 | 이인웅 옮김
11 가면의 고백 미시마 유키오 | 양윤옥 옮김
12 킴 러디어드 키플링 | 하창수 옮김
13 나귀 가죽 오노레 드 발자크 | 이철의 옮김
14 피아노 치는 여자 엘프리데 옐리네크 | 이병애 옮김
15 1984 조지 오웰 | 김기혁 옮김
16 벤야멘타 하인학교 - 야콥 폰 군텐 이야기 로베르트 발저 | 홍길표 옮김
17, 18 적과 흑 스탕달 | 이규식 옮김
19, 20 휴먼 스테인 필립 로스 | 박범수 옮김
21 체스 이야기 · 낯선 여인의 편지 슈테판 츠바이크 | 김연수 옮김
22 왼손잡이 니콜라이 레스코프 | 이상훈 옮김
23 소송 프란츠 카프카 | 권혁준 옮김
24 마크롤 가비에로의 모험 알바로 무티스 | 송병선 옮김
25 파계 시마자키 도손 | 노영희 옮김
26 내 생명 앗아가주오 앙헬레스 마스트레타 | 강성식 옮김
27 여명 시도니가브리엘 콜레트 | 송기정 옮김
28 한때 흑인이었던 남자의 자서전 제임스 웰든 존슨 | 천승걸 옮김
29 슬픈 짐승 모니카 마론 | 김미선 옮김
30 피로 물든 방 앤절라 카터 | 이귀우 옮김
31 숨그네 헤르타 뮐러 | 박경희 옮김
32 우리 시대의 영웅 미하일 레르몬토프 | 김연경 옮김
33, 34 실낙원 존 밀턴 | 조신권 옮김
35 복낙원 존 밀턴 | 조신권 옮김
36 포로기 오오카 쇼헤이 | 허호 옮김
37 동물농장 · 파리와 런던의 따라지 인생 조지 오웰 | 김기혁 옮김
38 루이 랑베르 오노레 드 발자크 | 송기정 옮김
39 코틀로반 안드레이 플라토노프 | 김철균 옮김
40 어두운 상점들의 거리 파트릭 모디아노 | 김화영 옮김
41 순교자 김은국 | 도정일 옮김
42 젊은 베르테르의 슬픔 요한 볼프강 폰 괴테 | 안장혁 옮김
43 더블린 사람들 제임스 조이스 | 진선주 옮김
44 설득 제인 오스틴 | 원영선, 전신화 옮김
45 인공호흡 리카르도 피글리아 | 엄지영 옮김
46 정글북 러디어드 키플링 | 손향숙 옮김
47 외로운 남자 외젠 이오네스코 | 이재룡 옮김
48 에피 브리스트 테오도어 폰타네 | 한미희 옮김

49 둔황 이노우에 야스시 | 임용택 옮김
50 미크로메가스·캉디드 혹은 낙관주의 볼테르 | 이병애 옮김
51, 52 염소의 축제 마리오 바르가스 요사 | 송병선 옮김
53 고야산 스님·초롱불 노래 이즈미 교카 | 임태균 옮김
54 다니엘서 E. L. 닥터로 | 정상준 옮김
55 이날을 위한 우산 빌헬름 게나치노 | 박교진 옮김
56 톰 소여의 모험 마크 트웨인 | 강미경 옮김
57 카사노바의 귀향·꿈의 노벨레 아르투어 슈니츨러 | 모명숙 옮김
58 바보들을 위한 학교 사샤 소콜로프 | 권정임 옮김
59 어느 어릿광대의 견해 하인리히 뵐 | 신동도 옮김
60 웃는 늑대 쓰시마 유코 | 김훈아 옮김
61 팔코너 존 치버 | 박영원 옮김
62 한눈팔기 나쓰메 소세키 | 조영석 옮김
63, 64 톰 아저씨의 오두막 해리엇 비처 스토 | 이종인 옮김
65 아버지와 아들 이반 투르게네프 | 이항재 옮김
66 베니스의 상인 윌리엄 셰익스피어 | 이경식 옮김
67 해부학자 페데리코 안다아시 | 조구호 옮김
68 긴 이별을 위한 짧은 편지 페터 한트케 | 안장혁 옮김
69 호텔 뒤락 애니타 브루크너 | 김정 옮김
70 잔해 쥘리앵 그린 | 김종우 옮김
71 절망 블라디미르 나보코프 | 최종술 옮김
72 더버빌가의 테스 토머스 하디 | 유명숙 옮김
73 감상소설 미하일 조셴코 | 백용식 옮김
74 빙하와 어둠의 공포 크리스토프 란스마이어 | 진일상 옮김
75 쓰가루·석별·옛날이야기 다자이 오사무 | 서재곤 옮김
76 이인 알베르 카뮈 | 이기언 옮김
77 달려라, 토끼 존 업다이크 | 정영목 옮김
78 몰락하는 자 토마스 베른하르트 | 박인원 옮김
79, 80 한밤의 아이들 살만 루슈디 | 김진준 옮김
81 죽은 군대의 장군 이스마일 카다레 | 이창실 옮김
82 페레이라가 주장하다 안토니오 타부키 | 이승수 옮김
83, 84 목로주점 에밀 졸라 | 박명숙 옮김
85 아베 일족 모리 오가이 | 권태민 옮김
86 폭풍의 언덕 에밀리 브론테 | 김정아 옮김
87, 88 늦여름 아달베르트 슈티프터 | 박종대 옮김
89 클레브 공작부인 라파예트 부인 | 류재화 옮김
90 P세대 빅토르 펠레빈 | 박혜경 옮김
91 노인과 바다 어니스트 헤밍웨이 | 이인규 옮김
92 물방울 메도루마 슌 | 유은경 옮김
93 도깨비불 피에르 드리외라로셸 | 이재룡 옮김
94 프랑켄슈타인 메리 셸리 | 김선형 옮김
95 래그타임 E. L. 닥터로 | 최용준 옮김

96 캔터빌의 유령 오스카 와일드 | 김미나 옮김
97 만(卍)·시게모토 소장의 어머니 다니자키 준이치로 | 김춘미, 이호철 옮김
98 맨해튼 트랜스퍼 존 더스패서스 | 박경희 옮김
99 단순한 열정 아니 에르노 | 최정수 옮김
100 열세 걸음 모옌 | 임홍빈 옮김
101 데미안 헤르만 헤세 | 안인희 옮김
102 수레바퀴 아래서 헤르만 헤세 | 한미희 옮김
103 소리와 분노 윌리엄 포크너 | 공진호 옮김
104 곰 윌리엄 포크너 | 민은영 옮김
105 롤리타 블라디미르 나보코프 | 김진준 옮김
106, 107 부활 레프 톨스토이 | 백승무 옮김
108, 109 모래그릇 마쓰모토 세이초 | 이병진 옮김
110 은둔자 막심 고리키 | 이강은 옮김
111 불타버린 지도 아베 고보 | 이영미 옮김
112 말라볼리아가의 사람들 조반니 베르가 | 김운찬 옮김
113 디어 라이프 앨리스 먼로 | 정연희 옮김
114 돈 카를로스 프리드리히 실러 | 안인희 옮김
115 인간 짐승 에밀 졸라 | 이철의 옮김
116 빌러비드 토니 모리슨 | 최인자 옮김
117, 118 미국의 목가 필립 로스 | 정영목 옮김
119 대성당 레이먼드 카버 | 김연수 옮김
120 나나 에밀 졸라 | 김치수 옮김
121, 122 제르미날 에밀 졸라 | 박명숙 옮김
123 현기증. 감정들 W. G. 제발트 | 배수아 옮김
124 강 동쪽의 기담 나가이 가후 | 정병호 옮김
125 붉은 밤의 도시들 윌리엄 버로스 | 박인찬 옮김
126 수고양이 무어의 인생관 E. T. A. 호프만 | 박은경 옮김
127 맘브루 R. H. 모레노 두란 | 송병선 옮김
128 익사 오에 겐자부로 | 박유하 옮김
129 땅의 혜택 크누트 함순 | 안미란 옮김
130 불안의 책 페르난두 페소아 | 오진영 옮김
131, 132 사랑과 어둠의 이야기 아모스 오즈 | 최창모 옮김
133 페스트 알베르 카뮈 | 유호식 옮김
134 다마세누 몬테이루의 잃어버린 머리 안토니오 타부키 | 이현경 옮김
135 작은 것들의 신 아룬다티 로이 | 박찬원 옮김
136 시스터 캐리 시어도어 드라이저 | 송은주 옮김
137 고독한 산책자의 몽상 장자크 루소 | 문경자 옮김
138 용의자의 야간열차 다와다 요코 | 이영미 옮김
139 세기아의 고백 알프레드 드 뮈세 | 김미성 옮김
140 햄릿 윌리엄 셰익스피어 | 이경식 옮김
141 카산드라 크리스타 볼프 | 한미희 옮김
142 이 글을 읽는 사람에게 영원한 저주를 마누엘 푸익 | 송병선 옮김

143 마음 나쓰메 소세키 | 유은경 옮김
144 바다 존 밴빌 | 정영목 옮김
145, 146, 147, 148 전쟁과 평화 레프 톨스토이 | 박형규 옮김
149 세 가지 이야기 귀스타브 플로베르 | 고봉만 옮김
150 제5도살장 커트 보니것 | 정영목 옮김
151 알렉시 · 은총의 일격 마르그리트 유르스나르 | 윤진 옮김
152 말라 온다 알베르토 푸겟 | 엄지영 옮김
153 아르세니예프의 인생 이반 부닌 | 이항재 옮김
154 오만과 편견 제인 오스틴 | 류경희 옮김
155 돈 에밀 졸라 | 유기환 옮김
156 젊은 예술가의 초상 제임스 조이스 | 진선주 옮김
157, 158, 159 카라마조프가의 형제들 표도르 도스토옙스키 | 김희숙 옮김
160 진 브로디 선생의 전성기 뮤리얼 스파크 | 서정은 옮김
161 13인당 이야기 오노레 드 발자크 | 송기정 옮김
162 하지 무라트 레프 톨스토이 | 박형규 옮김
163 희망 앙드레 말로 | 김웅권 옮김
164 임멘 호수 · 백마의 기사 · 프시케 테오도어 슈토름 | 배정희 옮김
165 밤은 부드러워라 F. 스콧 피츠제럴드 | 정영목 옮김
166 야간비행 앙투안 드 생텍쥐페리 | 용경식 옮김
167 나이트우드 주나 반스 | 이예원 옮김
168 소년들 앙리 드 몽테를랑 | 유정애 옮김
169, 170 독립기념일 리처드 포드 | 박영원 옮김
171, 172 닥터 지바고 보리스 파스테르나크 | 박형규 옮김
173 싯다르타 헤르만 헤세 | 권혁준 옮김
174 야만인을 기다리며 J. M. 쿳시 | 왕은철 옮김
175 철학편지 볼테르 | 이봉지 옮김
176 거지 소녀 앨리스 먼로 | 민은영 옮김
177 창백한 불꽃 블라디미르 나보코프 | 김윤아 옮김
178 슈틸러 막스 프리슈 | 김인순 옮김
179 시핑 뉴스 애니 프루 | 민승남 옮김
180 이 세상의 왕국 알레호 카르펜티에르 | 조구호 옮김
181 철의 시대 J. M. 쿳시 | 왕은철 옮김

● 문학동네 세계문학전집은 계속 출간됩니다